# गुरु-शिष्य संवाद

# गुरु-शिष्य संवाद

स्वामी विवेकानंद

*प्रकाशक*
**प्रभात प्रकाशन प्रा. लि.**
4/19 आसफ अली रोड, नई दिल्ली–110002
फोन : 011–23289777 • हेल्पलाइन नं. : 7827007777
इ–मेल : prabhatbooks@gmail.com ❖ वेब ठिकाना : www.prabhatbooks.com

*संस्करण*
2025



*पेपरबैक मूल्य*
तीन सौ रुपए

*मुद्रक*
आर–टेक ऑफसेट प्रिंटर्स, दिल्ली

———————— ★ ————————

**GURU-SHISHYA SAMVAD**
*by* Swami Vivekananda

Published by **PRABHAT PRAKASHAN PVT. LTD.**
4/19 Asaf Ali Road, New Delhi-110002

ISBN 978-93-5562-207-5

₹ 300.00 (PB)

# पुस्तक परिचय

स्वामी विवेकानंद ने भारत में उस समय अवतार लिया, जब यहाँ हिंदू धर्म के अस्तित्व पर संकट के बादल मँडरा रहे थे। पंडितों-पुरोहितों ने हिंदू धर्म को घोर आडंबरी और अंधविश्वासपूर्ण बना दिया था। ऐसे में स्वामी विवेकानंद ने हिंदू धर्म को एक पूर्ण पहचान प्रदान की। इसके पहले हिंदू धर्म विभिन्न छोटे-छोटे संप्रदायों में बँटा हुआ था। तीस वर्ष की आयु में स्वामी विवेकानंद ने शिकागो (अमेरिका) में विश्व धर्म-संसद् में हिंदू धर्म का प्रतिनिधित्व किया और इसे सार्वभौमिक पहचान दिलवाई।

गुरुदेव रवींद्रनाथ टैगोर ने एक बार कहा था, "यदि आप भारत को जानना चाहते हैं, तो विवेकानंद को पढ़िए। उनमें आप सबकुछ सकारात्मक ही पाएँगे, नकारात्मक कुछ भी नहीं।"

रोम्याँ रोलाँ ने उनके बारे में कहा था, "उनके द्वितीय होने की कल्पना करना भी असंभव है। वे जहाँ भी गए, सर्वप्रथम हुए...हर कोई उनमें अपने नेता का दिग्दर्शन करता। वे ईश्वर के प्रतिनिधि थे तथा सब पर प्रभुत्व प्राप्त कर लेना ही उनकी विशिष्टता थी। हिमालय प्रदेश में एक बार एक अनजान यात्री उन्हें देख, ठिठककर रुक गया और आश्चर्य से चिल्ला उठा, 'शिव!' यह ऐसा हुआ, मानो उस व्यक्ति के आराध्य देव ने अपना नाम उनके माथे पर लिख दिया हो।"

39 वर्ष के संक्षिप्त जीवनकाल में स्वामी विवेकानंद जो काम कर गए, वे आनेवाली अनेक शताब्दियों तक पीढ़ियों का मार्गदर्शन करते रहेंगे।

वे केवल संत ही नहीं थे, एक महान् देशभक्त, प्रखर वक्ता, ओजस्वी विचारक, रचनाधर्मी लेखक और करुण मावनप्रेमी भी थे। अमेरिका से लौटकर उन्होंने देशवासियों का आह्वान करते हुए कहा था, "नया भारत निकल पड़े मोची की दुकान से, भड़भूजे के भाड़ से, कारखाने से, हाट से, बाजार से; निकल पड़े झाड़ियों, जंगलों, पहाड़ों, पर्वतों से।"

और जनता ने स्वामीजी की पुकार का उत्तर दिया। वह गर्व के साथ निकल पड़ी। गांधीजी को आजादी की लड़ाई में जो जन-समर्थन मिला, वह विवेकानंद के आह्वान का ही फल था। इस प्रकार, वे भारतीय स्वतंत्रता-संग्राम के भी एक प्रमुख प्रेरणा-स्रोत बने।

उनका विश्वास था कि पवित्र भारतवर्ष धर्म एवं दर्शन की पुण्यभूमि है। यहीं बड़े-बड़े महात्माओं तथा ऋषियों का जन्म हुआ, यहीं संन्यास एवं त्याग की भूमि है तथा यहीं, केवल यहीं आदिकाल से लेकर आज तक मनुष्य के लिए जीवन के सर्वोच्च आदर्श एवं मुक्ति का द्वार खुला हुआ है।

उनके कथन---उठो, जागो, स्वयं जगकर औरों को जगाओ। अपने नर-जन्म को सफल करो और तब तक रुको नहीं, जब तक कि लक्ष्य प्राप्त न हो जाए। पर अमल करके व्यक्ति अपना ही नहीं, सार्वभौमिक कल्याण कर सकता है। यही उनके प्रति हमारी सच्ची श्रद्धांजलि होगी।

प्रस्तुत पुस्तक 'गुरु-शिष्य संवाद' में स्वामीजी ने सरल शब्दों में वेद, उपनिषद् और वेदांत के बारे सारभूत व्याख्या की है और प्रत्यक्ष संवाद के माध्यम से अपने शिष्यों की आध्यात्मिक जिज्ञासा को शांत करने का प्रयास किया है। उन्होंने अकाट्य तर्कों द्वारा वैश्विक ज्ञान के सागर को इस पुस्तक रूपी गागर में भर दिया है। यह एक अत्यंत प्रेरक और ओजपूर्ण पुस्तक, जो जीवन में दैविक आशा का संचार करती है; मनुष्य को मनुष्य से जोड़ती है।

# अनुक्रम


*पुस्तक परिचय* — *5*

1. लंदन में भारतीय योगी — 9
2. इंग्लैंड में भारतीय धर्म-प्रचारक — 35
3. मदुरै में एक घंटा — 40
4. पाश्चात्य देश में हिंदू संन्यासी — 60
5. हिंदू धर्म का पुनरुत्थान — 71
6. संवाद वेदांत रहस्य — 75
7. जीवन-उद्देश्य — 113
8. भारत के जातीय जीवन की प्रतिष्ठा — 119
9. पाश्चात्य देशवासियों का धर्म — 141
10. प्राच्य और पाश्चात्य सभ्यताएँ — 153

स्वामी विवेकानंद : महत्त्वपूर्ण तिथियाँ — 158

# लंदन में भारतीय योगी

कुछ वर्षों से यहाँ अर्थात् इंग्लैंड के बहुत से लोगों के हृदय में भारतीय दर्शन तथा दिनोदिन बढ़नेवाले प्रभाव का विस्तार हो रहा है, परंतु आज तक जिन लोगों ने इस देश में उस दर्शन की व्याख्या की, उनकी चिंतन-प्रणाली और शिक्षा-दीक्षा पूरी तरह पाश्चात्य भावों में रँगी रहने के कारण वेदांत-तत्त्व के गंभीर रहस्यों के संबंध में वास्तव में लोगों को बहुत ही थोड़ी जानकारी हुई है और जो कुछ हुई भी, वह भी इने-गिने व्यक्तियों तक ही सीमित है। प्राच्य भाव से शिक्षित-दीक्षित एवं प्राच्य भावों में पले हुए योग्य आचार्यगण वेदांत-शास्त्र से जिस गंभीर तत्त्वज्ञान को प्राप्त कर लेते हैं, उस ज्ञान-भंडार को उन शास्त्रों के अनुवाद से प्राप्त करने की अंतर्दृष्टि और साहस बहुतों में नहीं होता, क्योंकि वे अनुवाद-ग्रंथ प्रधानत: शब्द-शास्त्रज्ञों के लिए ही उपयुक्त होने के कारण सर्वसामान्य के लिए कठिन होते हैं।

एक संवाददाता लिखते हैं कि उपर्युक्त कारणों से, कुछ तो वास्तविक जिज्ञासा के साथ और कुछ कौतूहलवश मैं स्वामी विवेकानंद से भेंट करने गया था; क्योंकि पाश्चात्यों के लिए तो वे एक प्रकार से नितांत नवीन ही प्रतीत होनेवाले वेदांत-धर्म के प्रचारक हैं। वे सचमुच एक महान् भारतीय योगी हैं। युग-युगांतर से संन्यासी और योगीगण शिष्य परंपरा से जिस विद्या का प्रचार करते आ रहे हैं, उसी की व्याख्या करने के लिए वे निर्भीक और निस्संकोच हो, इस पाश्चात्य भूखंड में आए हुए हैं एवं उसी उद्देश्य से उन्होंने प्रिंसेज हॉल में एक भाषण भी दिया था।

स्वामी विवेकानंद के सिर पर पगड़ी शोभायमान थी, मुख पर शांति और प्रसन्नता झलक रही थी; उनके दर्शनमात्र से ही यह स्पष्ट प्रतीत होता था कि इनमें कुछ विशेषता है। मैंने पूछा, "स्वामीजी, क्या आपके नाम का कुछ अर्थ है, यदि है, तो क्या आप कृपया हमें बताएँगे?"

स्वामीजी—"अब मैं जिस (स्वामी विवेकानंद) नाम से परिचित हूँ, उसके प्रथम शब्द का अर्थ है—संन्यासी, अर्थात् जिसने विधिपूर्वक संसाराश्रम का परित्याग कर संन्यासाश्रम को स्वीकार किया हो। दूसरा शब्द (विवेकानंद) एक उपाधि मात्र है। संसार त्याग देने के बाद मैंने इस नाम को ग्रहण किया है। सभी संन्यासी ऐसा करते हैं। इस शब्द का अर्थ है—विवेक, अर्थात् सद्विचार का आनंद।"

मैंने फिर पूछा, "अच्छा स्वामीजी, संसार के सारे लोग जिस राह पर चलते हैं, आपने उसका त्याग क्यों कर दिया?"

उन्होंने उत्तर दिया, "बाल्यकाल से ही धर्म और दर्शन-चर्चा में मेरी विशेष रुचि थी। हमारे शास्त्रों का उपदेश है कि त्याग ही मनुष्य का श्रेष्ठतम आदर्श है। बाद में श्री रामकृष्णदेव नामक एक उन्नत और महान् धर्माचार्य से मेरी भेंट हुई। मैंने देखा कि मेरे जीवन का जो सर्वश्रेष्ठ आदर्श है, उसे उन्होंने अपने जीवन में उतार लिया है, इसलिए उनसे साक्षात्कार होने के बाद मुझमें यह प्रबल इच्छा जाग्रत् हो गई कि वे जिस राह पर चल रहे हैं, मैं भी उसी पर चलूँ। तब मैंने संन्यास ग्रहण करने का निश्चय कर लिया।"

"तब तो वे एक संप्रदाय की स्थापना कर गए होंगे और आप इस समय उनके ही प्रतिनिधिरूप होंगे?"

स्वामीजी ने तत्काल उत्तर दिया, "नहीं-नहीं, सांप्रदायिकता और कट्टरता के कारण आध्यात्मिक संसार में सर्वत्र जिस गंभीर व्यवधान की सृष्टि हो गई है, उसको दूर करने के लिए उन्होंने अपना सारा जीवन लगा दिया था। उन्होंने किसी संप्रदाय की स्थापना नहीं की। उल्टे उससे नितांत विपरीत ही किया है। जनसाधारण जिससे पूर्णतया स्वतंत्र चिंतन-परायण हो सके, इस ओर उनका पूरा-पूरा ध्यान था और इसके लिए वे प्राणों की भी

बाजी लगाकर प्रयत्न करते रहे। वे वास्तव में एक महान् योगी थे।"

**प्रश्न :** तब तो इस देश के किसी समाज या संप्रदाय, जैसे थियोसोफिकल सोसाइटी, क्रिश्चियन साइंटिस्ट्स अथवा अन्य किसी संप्रदाय के साथ आपका कुछ भी संबंध न होगा ?

स्वामीजी ने स्पष्ट और हृदयस्पर्शी स्वर में उत्तर दिया, "नहीं, तनिक भी नहीं। (स्वामीजी का मुख ऐसा सरल, अकपट और सद्भावपूर्ण है कि जब वे बोलते हैं, तो उनका मुखमंडल बालक की तरह खिल उठता है।) अपने गुरु के उपदेशों के आलोक में मैंने अपने प्राचीन शास्त्रों को जैसा समझा है, मैं बस उसी की शिक्षा देता हूँ। अलौकिक उपाय से प्राप्त किसी अलौकिक विषय की शिक्षा देने का दावा मैं नहीं करता। मेरे उपदेशों में विचारशील व्यक्ति अपनी तीव्र विचार-बुद्धि से जो कुछ भी ग्रहण योग्य समझे, लोग यदि उतना ग्रहण कर लें, तो मैं अपना श्रम सार्थक समझूँगा।"

वे कहते चले, "सभी धर्मों का लक्ष्य है—सामान्य मानव-बुद्धि के ग्रहण-योग्य स्थूल भाव से भक्ति, ज्ञान अथवा योग की शिक्षा देना और वेदांत इन सभी मार्गों के सूक्ष्म मूल-तत्त्वों का विज्ञान-स्वरूप है। मैं तो इसी विज्ञान का प्रचार करता हूँ और इस पर जोर देता हूँ कि इस विज्ञान की सहायता से प्रत्येक व्यक्ति अपने-अपने मार्ग का अनुकरण करे। मैं प्रत्येक व्यक्ति को अपनी-अपनी अभिज्ञता को ही प्रमाणरूप से ग्रहण करने का उपदेश देता हूँ और जहाँ मैं किसी-किसी ग्रंथ का प्रमाणरूप से उल्लेख करता हूँ, वहाँ समझना होगा कि थोड़ा यत्न करने से ही वह ग्रंथ प्राप्त किया जा सकता है तथा इच्छा रहने से प्रत्येक स्वयं उसे पढ़ ले सकता है। सबसे बड़ी बात तो यह है कि साधारण लोगों के लिए सर्वथा अदृश्य रहनेवाले तथा किसी व्यक्ति को माध्यम बनाकर अपने उपदेश का प्रचार करनेवाले अलौकिक महात्मा के उपदेशों को मैं कहीं भी प्रमाणरूप से उपस्थित नहीं करता और न तो मैं यही दावा करता हूँ कि किसी गुप्त पुस्तक या हस्तलिखित ग्रंथ से मैंने कोई गुप्त विद्या सीखी है। न तो मैं किसी गुप्त-समिति का सदस्य हूँ और न मैं उस प्रकार की समिति से संसार का किसी प्रकार कल्याण होने का विश्वास

ही रखता हूँ। सत्य स्वयं प्रकाश है और उसे अँधेरे में छिपकर रहने की कोई आवश्यकता नहीं, वह तो अनायास ही दिवालोक को सहन कर सकता है।"

मैंने पूछा, "तो स्वामीजी, आपके मन में कोई समाज अथवा समिति प्रतिष्ठित करने का संकल्प नहीं है?"

**उत्तर :** नहीं, मैं कोई भी समिति या समाज नहीं खड़ा करना चाहता। मैं तो केवल उसी आत्मा का उपदेश करता हूँ, जो सब प्राणियों के हृदय में गूढ़ भाव से अवस्थित है और जो सबकी अपनी संपत्ति है। यदि कुछ दृढचेता पुरुष आत्मज्ञान की प्राप्ति कर उसे अपने दैनंदिन जीवन में उतार लें, तो प्राचीन युगों की तरह अभी भी वे सारी दुनिया में हलचल मचाकर उसका रूप बदल सकते हैं। प्राचीन काल में एक-एक दृढचित्त महापुरुष अपने-अपने समय में ऐसे ही एक-एक नवीन युग का प्रवर्तन कर गए हैं।

मैंने फिर पूछा, "स्वामीजी, आप क्या भारत से यहाँ हाल ही में आए हैं? (क्योंकि उनका मुख देखने से प्राच्य देश की प्रचंड सूर्य-किरणों की याद आती है।)

स्वामीजी ने उत्तर दिया, "नहीं, सन् 1893 में अमेरिका के शिकागो शहर में, जो धर्म-महासभा का अधिवेशन हुआ था, उसमें मैंने हिंदू धर्म का प्रतिनिधित्व किया था। तब से मैं संयुक्त राज्य अमेरिका में भ्रमण करते हुए धर्म-प्रचार के लिए व्याख्यान दे रहा हूँ। अमेरिकी जाति विशेष आग्रह के साथ मेरे व्याख्यान सुन रही है और मेरे साथ परम मित्र की तरह व्यवहार कर रही है। वहाँ मेरा कार्य इतना जम गया है कि मुझे शीघ्र ही वहाँ लौट जाना पड़ेगा।

**प्रश्न :** स्वामीजी, पाश्चात्य धर्म-मतों के विषय में आपकी क्या राय है?

**उत्तर :** मैं एक ऐसे दर्शन का प्रचार कर रहा हूँ, जो संसार के सारे धर्म-मतों की भित्ति हो सकता है। मैं उन सबके साथ पूर्ण सहानुभूति रखता हूँ, मेरा उपदेश किसी धर्म का विरोधी नहीं है। मैं व्यक्तिगत जीवन की उन्नति की ओर

ही विशेष ध्यान रखता हूँ, उसे तेजस्वी बनाने की चेष्टा करता हूँ। मैं तो यही शिक्षा देता हूँ कि प्रत्येक व्यक्ति ईश्वर का अंश या साक्षात् ब्रह्म है और सर्वसाधारण को उनके इसी आभ्यंतरिक ब्रह्मभाव के संबंध में सचेत होने के लिए आह्वान करता हूँ। जानकर हो या बिना जाने, वस्तुतः यही सब धर्मों का आदर्श है।

**प्रश्न** : इस देश में आपका कार्य किस प्रकार का होगा ?

**उत्तर** : मैं ऐसी आशा करता हूँ कि मैं कुछ व्यक्तियों को पूर्वोक्त रीति से शिक्षा दूँगा और उन्हें अपने-अपने ढंग से दूसरों के पास उस सत्य का प्रचार करने के लिए उत्साहित करूँगा। वे फिर मेरे उपदेशों को अपनी इच्छानुसार चाहे जितना ही रूपांतरित करें, कोई हानि नहीं। मैं ऐसी कोई शिक्षा नहीं दूँगा, जिसे जबरन मान लेना पड़े, क्योंकि मैं जानता हूँ कि अंत में सत्य की ही जय होती है।

"मैं प्रत्यक्ष रूप से जो सब कार्य कर रहा हूँ, उसके संचालन का भार मेरे दो-एक मित्रों पर है। 22 अक्तूबर की शाम को साढ़े आठ बजे 'पिकेडली प्रिंसेज हॉल' में अंग्रेज श्रोताओं के लिए उन्होंने मेरे इस भाषण की योजना की है। चारों तरफ इस विषय की घोषणा की जा रही है। विषय मेरे द्वारा प्रचारित वेदांत-दर्शन का मूलतत्त्व है—'आत्मज्ञान'। उसके बाद अपने उद्‌देश्य की पूर्ति के लिए जो भी उपाय दिखेंगे, मैं उनका अवलंबन करने के लिए तैयार हूँ। लोगों के बैठकखाने में या अन्य किसी स्थान की सभा में उपस्थित होना, पत्र का उत्तर देना अथवा साक्षात् ही विचार-विनिमय करना इत्यादि सबकुछ करने को मैं प्रस्तुत हूँ। इस अर्थलिप्सा-प्रधान युग में मैं इस बात को सबसे पहले ही स्पष्ट कर देना चाहता हूँ कि मेरा कोई भी कार्य अर्थ-प्राप्ति के लिए नहीं है।"

इसके बाद मैंने उनसे (स्वामीजी से) विदा ली। आज तक जितने मनीषियों के साथ मेरी भेंट हुई है, उनमें से सबसे अधिक मौलिक-भावसंपद् के अधिकारी हैं, इसमें मुझे तनिक भी संदेह नहीं।

## भारत का जीवन-व्रत

इंग्लैंड के निवासी भारत के 'प्रवाल देश' में धर्म-प्रचारकों को भेजते हैं, इस बात को इंग्लैंड की जनता अच्छी तरह जानती है। "सारे संसार में पर्यटन करते हुए इस शुभ समाचार का प्रचार करो।" महात्मा ईसा की इस वाणी का वे ऐसी पूर्णता से पालन करते हैं कि इंग्लैंड के प्रधान-प्रधान धर्म-संप्रदायों में से कोई भी उनके इस आदेश के अनुसार कार्य करने में पीछे नहीं रहता, परंतु भारत भी इंग्लैंड में धर्म-प्रचारक भेजता है, इस बात को यहाँ की साधारण जनता प्रायः नहीं जानती।

सेंट जॉर्ज रोड, साउथ-वेस्ट के एक भवन में स्वामी विवेकानंद कुछ समय के लिए वास कर रहे हैं। दैवयोग से (यदि 'दैव' शब्द के प्रयोग में किसी को आपत्ति न हो तो) वहाँ पर स्वामीजी से मेरा साक्षात्कार हो गया। वे क्या काम कर रहे थे और इंग्लैंड में पधारने का उनका क्या प्रयोजन था, इत्यादि विषयों पर वार्त्तालाप करने में उन्हें कोई आपत्ति न रहने के कारण मैं वहाँ उपस्थित होकर उनसे इन विषयों पर वार्त्तालाप करने लगा। पहले मैंने अपने अनुरोध की स्वीकृति पर आश्चर्य व्यक्त किया। उन्होंने कहा, "अमेरिका में निवास करते समय से ही इस प्रकार संवादपत्र के प्रतिनिधियों से भेंट करने का मुझे पूरा अभ्यास हो गया है। हमारे देश में यद्यपि इस प्रकार की रीति नहीं है, फिर भी अन्य देशों में पहुँचकर सर्वसाधारण को अपनी बातों से परिचित कराने के लिए उस देश की प्रचार की प्रचलित प्रथाओं का अवलंबन न करना युक्तिसंगत नहीं हो सकता। सन् 1893 में अमेरिका के शिकागो नगर में विश्व-धर्म महासभा का जो अधिवेशन हुआ था, उसमें मैं हिंदू धर्म का प्रतिनिधि होकर गया था। मैसूर के राजा एवं अन्य कुछ सज्जनों ने मुझे वहाँ भेजा था। अपने विचार से मैं अमेरिका में कुछ सफलता का दावा भी कर

सकता हूँ। शिकागो शहर के अतिरिक्त अमेरिका के अन्यान्य बड़े-बड़े शहरों में भी कई बार आमंत्रित किया गया। एक लंबे अरसे तक मैं अमेरिका में रहा हूँ। गत वर्ष ग्रीष्म ऋतु में मैं एक बार इंग्लैंड आया था और इस वर्ष भी आप देख ही रहे हैं कि मैं यहाँ आया हूँ। अब तक लगभग तीन वर्ष मैं अमेरिका में रहा। मेरी समझ में अमेरिका की सभ्यता बहुत उच्चकोटि की है। मैंने देखा कि अमेरिकी जाति का चित्त अनायास ही नूतन भावधारा के साथ परिचित हो जाता है। वह किसी बात को नई समझकर ही एकदम त्याग नहीं देती, वरन् पहले उसके वास्तविक गुण-दोषों को परखती है और फिर उसकी त्याज्यता अथवा ग्राह्यता का निर्णय करती है।"

**प्रश्न** : तो क्या आपके कहने का मतलब यह है कि इंग्लैंड के लोग अन्य प्रकार के हैं?

**उत्तर** : हाँ, इंग्लैंड की सभ्यता अमेरिका की सभ्यता से पुरानी है। सदियों से लेकर आज तक कितने ही नए-नए विषयों के संयोजन से उसका विकास हुआ है। इसी प्रकार उसमें कुछ कुसंस्कार भी आ मिले हैं। उनको दूर करना होगा। अभी जो कोई भी आपके बीच किसी नवीन सत्य का प्रचार करना चाहेगा, उसे तो उन कुसंस्कारों की ओर विशेष दृष्टि रखकर काम करना होगा।

**प्रश्न** : लोग ऐसा कहते अवश्य हैं। अच्छा, जहाँ तक मुझे मालूम है, अमेरिका में आपने किसी नए धर्म-संप्रदाय या धर्म प्रतिष्ठा नहीं की है?

**उत्तर** : आपका कहना सत्य है। संप्रदायों की संख्या में वृद्धि करना हमारी नीति के विरुद्ध है, क्योंकि संप्रदायों की संख्या दुनिया में आवश्यकता से कहीं अधिक ही है। फिर संप्रदाय के संचालन के लिए आदमी भी चाहिए। अब विचारकर देखिए कि जिन्होंने संन्यास का अवलंबन कर लिया है, अर्थात् सांसारिक पद-मर्यादा, विषय-संपत्ति, नाम-यश आदि सभी

कुछ छोड़ दिया है, जिन्होंने केवल आध्यात्मिक ज्ञान के अन्वेषण को ही अपने जीवन का एकमात्र व्रत समझा है, वे इस प्रकार के कार्य का भार भला किस तरह ले सकते हैं? और जब वैसे काम अन्य दूसरे लोग कर ही रहे हैं, तो फिर उन कामों में हाथ डालना निष्प्रयोजन ही है।

**प्रश्न** : आपकी शिक्षा क्या धर्मों की तुलनात्मक समालोचना करना है?

**उत्तर** : यदि कहूँ कि वह 'सब प्रकार के धर्मों के सार की शिक्षा देना है' तो इससे मेरी शिक्षा के संबंध में अधिक स्पष्ट धारणा ही हो सकती है। धर्मों के गौण अंगों को छोड़कर उनमें जो मुख्य भाग है, अर्थात् जिस पर वे प्रतिष्ठित हैं, उसी की ओर विशेष रूप से दृष्टि आकर्षित करना मेरा कार्य है। मैं श्रीरामकृष्णदेव का एक शिष्य हूँ। वे एक सिद्ध महापुरुष थे। उनके आचरण और उपदेशों ने मुझ पर गंभीर प्रभाव डाला था। ये संन्यासी-श्रेष्ठ कभी किसी धर्म को समालोचना की दृष्टि से नहीं देखते थे, "अमुक-अमुक धर्मों में अमुक-अमुक भाव ठीक नहीं है", ऐसी बात वे कभी नहीं कहते थे, बल्कि उनमें जो कुछ उत्तम है, उसी को वे दिखा दिया करते थे, यह दरशा देते थे कि किस प्रकार उनका अनुष्ठान कर उनके उन भावों को हम अपने जीवन में उतार सकते हैं। किसी धर्म का विरोध करना या किसी धर्म का प्रतिपक्षी होना उनकी शिक्षा कें नितांत विरुद्ध है, क्योंकि उनकी शिक्षा की मूल भित्ति ही यह थी कि संपूर्ण जगत् प्रेम के बल से परिचालित हो रहा है। आप जानते हैं कि हिंदू धर्म ने कभी भी किसी दूसरे धर्म पर अत्याचार नहीं किया। हमारे देश में सभी संप्रदाय आपस में प्रेम रखते हुए शांतिपूर्वक साथ-साथ रह सकते हैं। मुसलमानों के आगमन के साथ ही भारत में धर्म

के नाम पर हत्या, अत्याचार आदि का प्रवेश हुआ है। उनके आने के पूर्व तक भारत का आध्यात्मिक वातावरण शांतिपूर्ण था। दृष्टांतस्वरूप देखिए—जैन लोग ईश्वर के अस्तित्व में विश्वास नहीं करते; इतना ही नहीं, वे इस आस्तिकता को भ्रांति कहकर प्रचार भी करते हैं, पर तो भी उनके अपने मतानुसार धर्मानुष्ठान करने में किसी ने कभी कोई बाधा खड़ी नहीं की और आज तक वे भारत में शांतिपूर्वक निवास कर रहे हैं। वास्तव में भारत ने ही इस विषय में शांति और मृदुतारूपी यथार्थ वीरता का परिचय दिया है। युद्ध, हठकारिता, दुस्साहसिकता, प्रबल आघात करने की शक्ति, ये सब धर्मजगत् में दुर्बलता के ही चिह्न हैं।

**प्रश्न :** आपकी बातों से टालस्टॉय की याद आती है। हो सकता है, व्यक्ति विशेष के लिए यह मत अनुकरणीय हो सके, यद्यपि इसमें भी मेरा व्यक्तिगत संदेह है, परंतु समग्र जाति के लिए इस नियम या आदर्श का पालन करना कैसे संभव है ?

**उत्तर :** जाति के लिए यह आदर्श उत्तम काम देगा। देखा जाता है कि अन्य जातियों द्वारा विजित होना और तत्पश्चात् कालांतर में उन्हीं जातियों पर धर्मबल से जय प्राप्त करना, मानो भारत का कर्मफल भारत का भाग्य रहा है। भारत ने अपने मुसलमान विजेताओं को धर्म के बल से जीत ही लिया है। सभी शिक्षित मुसलमान सूफी हैं। उनको हिंदुओं से पृथक् करना कठिन है। हिंदू भाव उनकी सभ्यता की नस-नस में समा गया है। उन्होंने भारत के सम्मुख शिक्षार्थी का भाव धारण किया। मुगल सम्राट् अकबर भी कार्यत: एक हिंदू ही थे। फिर जब इंग्लैंड की बारी आएगी, तो उसे भी भारत जीत लेगा। आज इंग्लैंड के हाथ में तलवार है, परंतु भावजगत् में उसकी कोई उपयोगिता नहीं, बल्कि उससे अपकार ही हुआ करता है।

आप जानते हैं कि शोपेनहॉवर ने भारतीय भाव और चिंतन के विषय में क्या कहा है? उन्होंने ऐसी भविष्यवाणी की थी कि 'तमोयुग' के बाद यूनानी और लैटिन विद्या का उदय होने से यूरोप में जैसा महान् परिवर्तन हुआ था, भारतीय भावराशि का यूरोप में प्रचार होने पर वैसा ही महान् परिवर्तन होगा।

**प्रश्न** : कृपया क्षमा कीजिए, पर अभी तो इसके कोई लक्षण नहीं दिख रहे हैं?

स्वामीजी ने गंभीरता से कहा, "भले न दिखते हों, पर यह भी तो निश्चित रूप से कहा जा सकता है कि यूरोप के उस प्राचीन 'जागरण' के समय बहुतों को पहले उसके कुछ भी चिह्न नहीं दिखाई दिए थे और उस जागरण का आविर्भाव हो जाने पर बहुत से लोग यह समझ न सके थे कि उसका आगमन हो चुका है, पर जो लोग समय के लक्षणों को अच्छी तरह पहचानते हैं, वे यह भलीभाँति समझ रहे हैं कि आजकल अंदर-ही-अंदर एक महान् आंदोलन चल रहा है। फिलहाल कुछ वर्षों से प्राच्य-तत्त्वानुसंधान बहुत आगे बढ़ गया है। वर्तमान समय में यह विद्वानों के हाथ में है और उन्होंने इस दिशा में जितना कार्य किया है, वह अभी लोगों की दृष्टि में शुष्क और नीरस प्रतीत हो रहा है, पर धीरे-धीरे लोग समझेंगे, उनमें ज्ञान का प्रकाश फैलेगा।"

**प्रश्न** : तब तो आपके मत में भविष्य में भारत ही श्रेष्ठ विजेता का स्थान प्राप्त करेगा, परंतु भारत तो अन्य देशों में अपनी भावराशि का प्रचार करने के लिए अधिक धर्म-प्रचारक नहीं भेजता। शायद जब तक सारी पृथ्वी आकर उसके चरणों पर नहीं गिर जाती, तब तक वह प्रतीक्षा करता रहेगा।

**उत्तर** : प्राचीन काल में भारत धर्मप्रचार-कार्य का एक प्रबल केंद्र बना हुआ था। इंग्लैंड के ईसाई मत ग्रहण करने के लिए सैकड़ों वर्ष पहले ही बुद्ध ने संपूर्ण एशिया खंड को अपने मत में लाने के लिए सर्वत्र धर्म-प्रचारक भेजे थे। वर्तमान समय में संसार की चिंतनधारा धीरे-धीरे भारतीय भावधारा

को अपना रही है, परंतु यह तो अभी केवल प्रारंभ है। किसी विशेष धर्ममत को अपनाने की इच्छा न रखनेवालों की संख्या बढ़ रही है और यह भाव शिक्षित समुदायों के भीतर फैलता जा रहा है। फिलहाल अमेरिका में जो जनगणना हुई थी, उसमें बहुत से लोगों ने अपने को किसी संप्रदायविशेष के अंतर्भूत करने से इनकार कर दिया था। सत्य तो यह है कि सारे धर्म एक ही मूल सत्य के विभिन्न प्रकाश हैं। उन्नति तो सभी की होगी, नहीं तो सभी नष्ट हो जाएँगे। विभिन्न प्रकृतिवाले मानव-मंन उसी एक सत्य को भिन्न-भिन्न रूपों में देखना चाहते हैं और ये धर्म मानो उसी मूल सत्यस्वरूप केंद्र से विभिन्न त्रिज्याओं की तरह निकले हुए हैं। अतः धर्मों की यह विभिन्नता विभिन्न प्रकृतिवाले मानव-मन के लिए आवश्यक है।

**प्रश्न** : अब मूल प्रसंग के समीप आ रहे हैं। वह मूल या केंद्रीयभूत सत्य क्या है ?

**उत्तर** : मनुष्य की आभ्यंतरिक ब्रह्मशक्ति ही वह मूल सत्य है। हर एक मनुष्य, चाहे वह कितनी ही बुरी प्रकृति का क्यों न हो, भगवान् का ही प्रकाश है। यह ब्रह्मशक्ति आवृत्त रहती है, जीवों की दृष्टि से छिपी हुई रहती है। यहाँ पर मुझे भारतीय गदर की एक घटना याद आती है। किसी मुसलमान ने वर्षों से एक मौनव्रतधारी संन्यासी पर प्राणांतक आघात किया। लोग उस आततायी को घसीट लाए और कहा, "स्वामीजी, आपके मुख से केवल एक शब्द की ही देर है कि हम इसे मौत के घाट उतार देंगे।" तब उस महात्मा ने अपने दीर्घकाल के मौनव्रत को भंग कर अपने अंतिम श्वास के साथ कहा, "प्यारे बच्चो, तुमने बहुत बड़ी गलती की है। यह व्यक्ति तो साक्षात् भगवान् है!" कहने का तात्पर्य यह है कि सबके पीछे

यह एकत्व विद्यमान है। यही जीवन में सीखने की सबसे बड़ी बात है। उसे फिर 'गॉड' कहिए या अल्लाह, जिहोवा या प्रेम अथवा आत्मा, जो कुछ भी कहिए वही एक वस्तु क्षुद्रतम कीट से लेकर महत्तम मानव तक समस्त प्राणियों में प्राणरूप से विराजमान है। बर्फ से ढके एक समुद्र की कल्पना कीजिए, जिसमें विभिन्न आकारवाले बहुत से छेद हैं। प्रत्येक छेद मानो एक-एक आत्मा, एक-एक मनुष्य है, जो अपनी बुद्धि की शक्ति के तारतम्यानुसार बंधन काटकर, इस बर्फ को फोड़कर, बाहर आने का प्रयत्न कर रहा है।

**प्रश्न** : मुझे प्रतीत होता है, प्राच्य और पाश्चात्य, दोनों जातियों के लक्ष्यों में एक विशेष प्रभेद है। आप लोग संन्यास, एकाग्रता आदि उपायों से बहुत उन्नत व्यक्तित्व का गठन करने का प्रयत्न कर रहे हैं, जबकि पाश्चात्य देशों के हम लोग समाज की पूर्णता की सिद्धि में लगे हुए हैं। इसी कारण हम सामाजिक तथा राजनीतिक समस्याओं को हल करने में ही अधिक जोर लगा रहे हैं, क्योंकि हमारी समझ में तो सर्वसाधारण के कल्याण पर ही हमारी सभ्यता का स्थायित्व निर्भर करता है।

स्वामीजी ने बड़ी दृढता और आग्रह के साथ उत्तर दिया, "पर मनुष्य की साधुता ही सामाजिक तथा राजनीतिक सर्वविध विषयों की सफलता का आधार है। संसद् द्वारा बनाए गए कानूनों से ही कोई राष्ट्र भला या उन्नत नहीं हो जाता। वह उन्नत तब होता है, जब वहाँ के मनुष्य उन्नत और सुंदर स्वभाववाले होते हैं। मैं चीन गया था। किसी समय चीनी जाति सर्वोत्तम सुनियंत्रित थी, परंतु वही मनुष्यों की एक अव्यवस्थित समष्टि सी बनी हुई है। इसका कारण यह है कि उसने देश के शासन-कार्य के लिए प्राचीनकाल में जिन उपायों का अवलंबन किया गया था, उस शासन-प्रणाली के यथाविधि परिचालन में समर्थ व्यक्तियों का वर्तमान समय में उस जाति में अभाव हो

गया है। धर्म सभी विषयों की जड़ तक पहुँचकर उनके यथार्थ स्वरूप का अन्वेषण करता है। मूल यदि ठीक रहे, तो अंग-प्रत्यंग सभी ठीक रहते हैं।"

**प्रश्न** : भगवान् सभी के भीतर विद्यमान है, परंतु वे आवृत्त रहते हैं, अस्पष्ट एवं व्यावहारिक जगत् ब्रह्म-प्रकाश की ओर देखते नहीं रह सकते?

**उत्तर** : बहुधा लोग एक ही उद्देश्य से कर्म में प्रवृत्त होते हैं, पर वे समझ नहीं पाते। यह तो मानना ही पड़ेगा कि कानून, सरकार या राजनीति मानव-जीवन का चरम उद्देश्य नहीं है। इन सबके परे एक ऐसा चरम लक्ष्य है, जहाँ पहुँचने पर कानून या विधि का कोई प्रयोजन नहीं रह जाता। यहाँ कह दूँ, "संन्यासी शब्द का अर्थ है—विधि का परित्याग करनेवाला ब्रह्म-तत्त्वान्वेषी अथवा संन्यासी शब्द का अर्थ 'नेतिवादी' ब्रह्मज्ञानी भी हो सकता है, परंतु ऐसे शब्द का प्रयोग करते ही एक भ्रामक धारणा आ उपस्थिति होती है।" सभी महान् आचार्य एक ही शिक्षा देते हैं। ईसा मसीह जानते थे कि कानून का प्रतिपालन ही उन्नति का मूल नहीं है, बल्कि पवित्रता और सच्चरित्रता ही वीर्य-लाभ का एकमात्र उपाय है। आपने जब कहा कि प्राच्य देश आत्मा की उच्चतर उन्नति की ओर तथा पाश्चात्य देश सामाजिक अवस्था की उन्नति की ओर दृष्टि रखता है, तो आप इस बात को अवश्य नहीं भूले होंगे कि आत्मा के दो रूप हैं। एक तो कूटस्थ चैतन्य, जोकि आत्मा का यथार्थ स्वरूप है और दूसरा आभास चैतन्य, जिसे हम ऊपरी दृष्टि से आत्मा समझते हैं।

**प्रश्न** : तो क्या आपका तात्पर्य यह है कि पाश्चात्यवासी आभास के उद्देश्य से कार्य कर रहे हैं और आप प्राच्यजन प्रकृत चैतन्य के उद्देश्य से?

**उत्तर** : मन अपने उच्चतर विकास के लिए विविध सोपानों में से

अग्रसर होता है। वह पहले स्थूल का अवलंबन करके धीरे-धीरे सूक्ष्म की ओर बढ़ता है और भी देखिए, मनुष्य किस प्रकार विश्व-बंधुत्व की धारणा पर पहुँचता है। पहले यह विश्व-बंधुत्व का भाव सांप्रदायिक भ्रातृभाव के रूप में प्रकट होता है, तब वह संकीर्ण और सीमाबद्ध रहता है, उसमें दूसरों से अलगाव की वृत्ति रहती है। बाद में हम धीरे-धीरे उदारतर और सूक्ष्मतर भाव में पहुँचते हैं।

**प्रश्न** : तो आप यह समझते हैं कि हम अंग्रेजों के इतने प्रिय ये सब संप्रदाय लुप्त हो जाएँगे? आप शायद जानते होंगे कि एक फ्रांसीसी ने कहा है कि "इंग्लैंड ऐसा देश है, जहाँ संप्रदाय तो हजार हैं, पर सबकी रुचि एक ही है?"

**उत्तर** : इन संप्रदायों के लोप हो जाने के विषय में मुझे कुछ भी संदेह नहीं है। उनका अस्तित्व असार और गौण विषयों पर प्रतिष्ठित है। उनमें जो मुख्य या सार है, वही बचा रहेगा और उसकी बुनियाद पर एक नए भवन का निर्माण होगा। आपको वह प्राचीन उक्ति याद होगी, "किसी संप्रदाय के भीतर जन्म लेना अच्छा है, परंतु आमरण उसी में बद्ध रहना अच्छा नहीं।"

**प्रश्न** : आप कृपा कर क्या यह बतलाएँगे कि इंग्लैंड में आपके कार्य का विस्तार कैसा हो रहा है?

**उत्तर** : धीरे-धीरे हो रहा है। इसका कारण मैं पहले ही बतला चुका हूँ। जहाँ मूल को पकड़कर कार्य होता है, वहाँ यथार्थ विस्तार या उन्नति धीरे-धीरे ही होती है। मुझे यह बताने की आवश्यकता नहीं कि जैसे भी हो, इन सब भावों का विस्तार होगा ही और हममें से बहुतों को ऐसा प्रतीत हो रहा है कि अब इन बातों के प्रचार करने का ठीक समय उपस्थित हो गया है।

स्वामीजी के मुख से मैंने उनके कार्य के संबंध में विस्तृत विवरण सुना। कई प्राचीन धर्ममतों की तरह इस मत की शिक्षा बिना मूल्य ही दी जाती है। जो इस मत का अवलंबन करते हैं, उनकी स्वेच्छापूर्वक दी हुई सहायता से ही इस कार्य का निर्वाह होता है।

प्राच्य वेशभूषा से शोभायमान स्वामीजी की आकृति अतीव मनोहर है। संन्यास के विषय में लोगों की साधारणतः जो धारणा है, स्वामीजी का सरल और सहृदय व्यवहार देखकर उसका बिल्कुल उदय नहीं होता। वे स्वभावतः ही प्रियदर्शन हैं। फिर उसके साथ उनके उदार भाव, अंग्रेजी भाषा पर असाधारण प्रभुत्व, वार्त्तालाप की अद्‌भुत शक्ति आदि ने तो उनको और भी अधिक प्रिय बना दिया है। उनके संन्यास-व्रत का अर्थ है, नाम-यश, धन-संपत्ति, पद-मर्यादा आदि का संपूर्ण रूप से परित्याग कर, आध्यात्मिक तत्त्वज्ञान की प्राप्ति के लिए अविराम चेष्टा करना।

## भारत और इंग्लैंड

यह लंदन के मौसम (मई, जून और जुलाई के महीने लंदन के 'मौसम का समय' है) का समय है। स्वामी विवेकानंद के मत और दर्शन के प्रति बहुत से लोग आकृष्ट हो गए हैं। वे उन लोगों के सम्मुख वक्तृताएँ देते हैं, उनको अपने मत और दर्शन की शिक्षा देते हैं। बहुत से अंग्रेज यह सोचते हैं कि फ्रांस के छोटे-छोटे प्रयत्न को छोड़कर धर्म-प्रचार (मिशनरी-कार्य) का एकाधिकार इंग्लैंड को ही प्राप्त है। अतएव मैं दक्षिण बेलग्रेविया में स्वामीजी के अस्थायी निवासस्थान पर यह पूछने के उद्‌देश्य से गया कि भारतवर्ष इंग्लैंड को संभवतः और क्या संदेश दे सकता है; क्योंकि वैसे तो हम आज तक भिन्न-भिन्न विषयों पर भारतवर्ष की इंग्लैंड के विरुद्ध शिकायत ही सुनते आए हैं, उदाहरणार्थ—होमचार्ज (भारत पर राजसत्ता होने के कारण प्रतिवर्ष जो धन इंग्लैंड को भेजा जाता था), एक ही व्यक्ति के हाथ में न्याय और शासन का संचालन रहना तथा सूडान एवं अन्य देशों पर युद्ध-आक्रमण के आय-व्यय की मीमांसा आदि।

स्वामीजी स्थिरता के साथ बोले, "भारत का यहाँ धर्म-प्रचारक भेजना कोई नई बात नहीं है। जब बौद्ध-धर्म नवीन उत्साह से अभ्युदित हो रहा था, जब भारत के पास अपने चारों ओर के देशों को शिक्षा देने के लिए कुछ था, उस समय सम्राट् अशोक चारों ओर धर्म-प्रचारक भेजा करते थे।"

**प्रश्न** : अच्छा, क्या यह पूछा जा सकता है कि भारत ने उस तरह धर्म-प्रचारक भेजना क्यों बंद कर दिया था और अब फिर से क्यों वैसा कर रहा है?

**उत्तर** : धर्म-प्रचारक भेजना बंद करने का कारण यह था कि भारत धीरे-धीरे स्वार्थपरक हो गया। यह रहस्य भूल गया कि व्यक्ति और जातियाँ परस्पर आदान-प्रदान की प्रणाली से ही जीवित रहती और उन्नति करती हैं। भारत ने सर्वदा संसार को एक ही संदेश सुनाया है। भारत का संदेश आध्यात्मिक रहा है, अनंत युग से भारत का एकाधिकार आभ्यंतरिक भावराज्य में ही रहा है। सूक्ष्म विज्ञान, दर्शन, न्याय—ये ही भारत के विशेष क्षेत्र हैं। वस्तुतः मेरा इंग्लैंड में धर्मप्रचार कार्य के लिए आगमन तो इंग्लैंड के भारत गमन के ही फलस्वरूप है। इंग्लैंड भारत पर विजय प्राप्त करके उस पर शासन कर रहा है और अपने भौतिक विज्ञान का उपयोग अपने एवं भारतीयों के हित के लिए कर रहा है। मौटे तौर पर इसका उत्तर देते समय मुझे एक संस्कृत तथा एक अंग्रेजी वाक्य याद आ रहा है। जब कोई मर जाता है, तो आप लोग कहते हैं, "उसने आत्मा का परित्याग कर दिया" और हम लोग कहते हैं, "उसने शरीर त्याग दिया।" वैसे ही आप लोग कहते हैं कि मनुष्य का आत्मा है। इससे यही अधिक प्रतीत होता है कि आप लोग शरीर को ही मनुष्य की प्रधान वस्तु मानते हैं, परंतु हम लोग कहते हैं कि मनुष्य आत्म-स्वरूप है, उसकी एक देह है। अवश्य ये सब जातीय चिंतन-तरंग के छोटे-

छोटे ऊपरी बुलबुले हैं, पर इससे यह स्पष्ट हो जाता है कि आपकी जातीय भावधारा किस ओर जा रही है। मैं आपको शोपेनहावर की भविष्यवाणी की याद दिला दूँ। उन्होंने कहा है कि तमोयुग का अंत होने पर यूनानी और लैटिन विद्या का उदय होने से यूरोप में जैसा महान् परिवर्तन उपस्थित हुआ था, भारतीय दर्शन में यूरोप से अच्छी तरह परिचित हो जाने पर फिर से वैसा होगा। प्राच्य तत्त्वों का अन्वेषण प्रबल वेग से अग्रसर हो रहा है। सत्यान्वेषियों के सम्मुख नूतन भावधारा का द्वार उन्मुक्त हो रहा है।

**प्रश्न** : तो क्या आप यह कहना चाहते हैं कि अंत में भारत अपने विजेताओं को जीत लेगा?

**उत्तर** : हाँ, भावराज्य में अवश्य ऐसा होगा। अभी इंग्लैंड के हाथ में तलवार है, वह अभी जड़-जगत् का प्रभु है, जैसे कि अंग्रेजों के आगमन से पहले हमारे मुसलमान-विजेता थे, परंतु सम्राट् अकबर तो वास्तव में एक हिंदू ही बन गए थे। शिक्षित मुसलमानों, अर्थात् सूफियों को हिंदुओं से सहज ही पृथक् नहीं किया जा सकता। सूफी लोग गोमांस-भक्षण नहीं करते और बहुत से विषयों में हमारे आचार-व्यवहारों का अनुसरण करते हैं। हमारी विचारधारा उनकी विचारधारा की नस-नस में समा गई है।

**प्रश्न** : आपके मत में क्या प्रबल प्रतापशाली अंग्रेजों की भी वही दशा होगी, जैसी मुसलमानों की हुई थी? आज तो वैसी संभावना बहुत दूर मालूम होती है।

**उत्तर** : नहीं, आपको जितनी दूर मालूम हो रही है, वास्तव में उतनी दूर नहीं है। धार्मिक विषय में अंग्रेजों और हिंदुओं में बहुत सादृश्य है और दूसरे धर्म-संप्रदायों के साथ भी हिंदुओं का ऐक्य है, इसके यथेष्ट प्रमाण हैं। जब किसी अंग्रेज

शासनकर्ता या किसी सिविल सर्वेंट को भारतीय साहित्य, विशेषकर भारतीय दर्शन का थोड़ा सा भी ज्ञान हो जाता है, तो देखा जाता है कि वह ज्ञान ही हिंदुओं के प्रति उसकी सहानुभूति का कारण बन जाता है। इस प्रकार की सहानुभूति दिनोदिन बढ़ रही है, पर अभी भी कुछ लोग भारतीय भाव को अत्यंत संकीर्ण, यहाँ तक कि कभी-कभी अवज्ञापूर्ण दृष्टि से देखते हैं।

**प्रश्न** : हाँ, यह तो अज्ञान का परिचायक है। आप एक बात बताएँगे, धर्म-प्रचार के लिए पहले इंग्लैंड न आकर आप अमेरिका क्यों गए?

**उत्तर** : केवल संयोगवश। विश्व-महामेले के समय विश्व धर्म-सम्मेलन लंदन में न होकर शिकागो में हुआ था, इसलिए मुझे वहाँ जाना पड़ा, परंतु उस महासम्मेलन का अधिवेशन तो वास्तव में लंदन में ही होना उचित था। मैसूर के महाराजा तथा अन्य कतिपय सज्जनों ने मुझे हिंदू-धर्म के प्रतिनिधि के रूप में वहाँ भेजा था। मैं वहाँ तीन वर्ष रहा, केवल गत वर्ष ग्रीष्मकाल में वक्तृता देने यहाँ आया था और इस गरमी में भी आया हुआ हूँ। अमेरिकी लोग एक बड़ी जाति हैं; उनका भविष्य बड़ा उज्ज्वल है। उनके प्रति मेरी विशेष श्रद्धा है; उनमें मुझे कई सहृदय मित्र मिले। अंग्रेजों की तुलना में उनके कुसंस्कार कम हैं, वे किसी भी नवीन भाव की परख करने के लिए अधिक प्रस्तुत रहते हैं, उसकी नवीनता के बावजूद उसका आदर करने के लिए तैयार रहते हैं। फिर वे बड़े अतिथि-परायण भी हैं। लोगों का विश्वास-पात्र होने के लिए वहाँ अपेक्षाकृत कम समय लगता है। मेरे समान आप भी अमेरिका के शहर-शहर में घूमकर वक्तृता दे सकते हैं, सब जगह आपको मित्र मिलते रहेंगे। बोस्टन, न्यूयॉर्क,

फिलाडेल्फिया, बाल्टिमोर, वाशिंगटन, डेसमोनिस, मेसूफिस आदि अनेक स्थानों में मैं गया था।

**प्रश्न** : और प्रत्येक स्थान में अपने बहुत से शिष्य भी कर लिये होंगे?

**उत्तर** : हाँ, शिष्य किए हैं; पर किसी नए संप्रदाय की स्थापना नहीं की है। वह मेरे कार्य के अंतर्गत नहीं है। समाज या समितियाँ तो संसार में पहले से ही बहुत सी हैं। इसके अतिरिक्त संप्रदाय गठन करने पर उसकी व्यवस्था के लिए योग्य व्यक्तियों की आवश्यकता होती है। फिर धन भी आवश्यक होता है, क्षमता भी और योग्य संचालनकर्ता भी। बहुधा भिन्न संप्रदायवाले अधिकार हथियाने के लिए कोशिश करते हैं और कभी-कभी तो आपस में लड़ाई भी कर बैठते हैं।

**प्रश्न** : तो क्या आपके धर्म-प्रचार का संक्षेप में यही मतलब है कि आप केवल विभिन्न धर्मों की पारस्परिक तुलनात्मक आलोचना कर उसी का प्रचार करना चाहते हैं?

**उत्तर** : मैं तो धर्म के दार्शनिक तत्त्व का ही प्रचार करना चाहता हूँ। धर्म-विषयक बाह्य अनुष्ठानों का जो सार-तत्त्व है, उसी का मैं प्रचार करना चाहता हूँ। सभी धर्मों में एक प्रमुख और एक गौण भाग होता है। उन गौण भागों को छोड़ देने पर जो बचा रहता है, वही सारे धर्मों की नींव है और वही उन सबकी साधारण संपत्ति है। सभी धर्मों के अंतराल में वही एकत्व विद्यमान है, हम फिर उसे जिस नाम से पुकारें, चाहे गॉड कहें या अल्लाह, जिहोवा या आत्मा या प्रेम; वही एक तत्त्व समस्त प्राणियों में प्राणरूप से विराजमान है। निकृष्टतम प्राणी से लेकर उत्कृष्टतम अभिव्यक्त मनुष्य तक सभी उसी तत्त्व के प्रकाश हैं। मैं तो केवल इस अधिष्ठानरूपी एकत्व की ओर ही सब संप्रदायों की दृष्टि विशेष रूप से आकृष्ट करना

चाहता हूँ, परंतु इस पाश्चात्य भूमि में और केवल पाश्चात्य ही क्यों, सर्वत्र ही लोग गौण विषयों की ओर अधिक ध्यान देते हैं। धर्म के बाह्य अनुष्ठानों का अवलंबन करके लोग दूसरों को भी अपने ही घेरे में लाना चाहते हैं, और इसके लिए आपस में विवाद-झगड़ा करते हैं और एक-दूसरे को मार तक डालते हैं। यह देखते हुए कि भगवद्-भक्ति और मानव-प्रेम ही जीवन की सार वस्तु है, ये कलह-विवाद और कुछ नहीं तो कम-से-कम बड़े विचित्र कहे जा सकते हैं।

**प्रश्न** : मेरी समझ में एक हिंदू कभी भी दूसरे धर्मावलंबियों पर अत्याचार नहीं कर सकता?

**उत्तर** : आज तक तो उसने नहीं किया। इस संसार में जितनी जातियाँ हैं, उनमें हिंदू ही सबसे अधिक परधर्मसहिष्णु है। हिंदू को गंभीर धर्मभावापन्न देखकर लोग सोचते हैं कि वह ईश्वर में विश्वासहीन नास्तिकों पर अत्याचार करेगा, पर यह बात गलत है, क्योंकि आप देखिए, जैन लोग ईश्वर में विश्वास को भ्रमात्मक बतलाते हैं, परंतु आज तक किसी भी हिंदू ने किसी जैन पर अत्याचार नहीं किया है। भारत में मुसलमानों ने सबसे पहले दूसरे धर्मवालों के विरुद्ध तलवारें खींची थीं।

**प्रश्न** : इंग्लैंड में इस 'मूल एकत्ववाद' का प्रसार कैसा हो रहा है? यहाँ तो आज हजारों संप्रदाय विद्यमान हैं।

**उत्तर** : स्वाधीन चिंतन और ज्ञान की वृद्धि होने पर धीरे-धीरे इन संप्रदायों का लोप हो जाएगा। ये सब संप्रदाय गौण विषयों पर प्रतिष्ठित हैं, इसलिए वे दीर्घकाल तक स्थायी नहीं रह सकते। उन संप्रदायों का उद्देश्य अब सिद्ध हो गया है। वह उद्देश्य था, उन संप्रदायों के अंतर्गत व्यक्तियों की धारणानुसार संकीर्ण भ्रातृभाव की प्रतिष्ठा करना। अब हम धीरे-धीरे व्यष्टियों के इन छोटे-छोटे समूहों को अलग

करनेवाली दीवारों को तोड़कर विश्व-बंधुत्व की भावना पर पहुँच सकते हैं। इंग्लैंड में यह कार्य बड़ी धीमी गति से सिद्ध हो रहा है। इसका कारण संभवतः यह है कि अभी भी उपयुक्त समय उपस्थित नहीं हुआ है, परंतु फिर भी धीरे-धीरे यह भाव प्रसारित हो रहा है। मैं इस बात की ओर आपकी दृष्टि आकर्षित करना चाहता हूँ कि इंग्लैंड भी भारत में यही कार्य कर रहा है। भारत में जो जाति-भेद है, वह भारत की उन्नति की राह पर रोड़े डाल रहा है। उससे संकीर्णता और भेद-बुद्धि आती है, विभिन्न संप्रदायों में आपस में पार्थक्य की दीवारें खड़ी हो जाती हैं, पर विचार की उन्नति के साथ वह नष्ट-भ्रष्ट हो जाएगा।

**प्रश्न :** परंतु कुछ अंग्रेज, जो भारत के प्रति कोई कम सहानुभूति नहीं रखते और जो उसके इतिहास से बिल्कुल अपरिचित नहीं हैं, वे तो जाति-भेद को मुख्यतया कल्याणकारी ही समझते हैं। लोग तो अनायास ही अधिक-से-अधिक पाश्चात्य-भावापन्न हो सकते हैं। आप भी तो हमारे बहुत से आदर्शों की जड़वादात्मक कहकर निंदा करते हैं।

**उत्तर :** हाँ, यह सच है। कोई भी बुद्धिमान पुरुष भारत को इंग्लैंड बनाना नहीं चाहता। शरीर के भीतर अवस्थित विचारों से यह शरीर गठित हुआ है। अतः समग्र जाति जातीय विचारधारा का विकास मात्र है। इसलिए भारत को पाश्चात्य-भावापन्न करना एक असंभव बात है और उसके लिए प्रयत्न करना भी निर्बुद्धिता का कार्य है। चिरकाल से ही भारत में सामाजिक उन्नति के उपादान स्पष्ट रूप से विद्यमान रहे हैं। जब कभी शांतिपूर्ण राज्य-व्यवस्था स्थापित हुई थी, तभी उसके अस्तित्व का परिचय प्राप्त हुआ है। उपनिषदों के समय से लेकर वर्तमान काल तक के हमारे सारे बड़े-बड़े आचार्यों

ने इस जाति-भेद की बाधा को तोड़ने की कोशिश की है। अवश्य उन्होंने मूल जाति-विभाग का नाश नहीं चाहा; उन्होंने केवल उसके विकृत और अवनत रूप को ही हटाने का प्रयास किया था। प्राचीन जाति-विभाग में बहुत सुंदर सामाजिक व्यवस्था थी। वर्तमान जाति-भेद के भीतर आप जो कुछ अच्छा देख रहे हैं, वह उसी प्राचीन जाति-विभाग से प्राप्त हुआ है। बुद्ध ने जाति-विभाग को फिर से उसके पुराने मौलिक स्वरूप में प्रतिष्ठित करने की चेष्टा की थी। जब-जब भारत की जागृति हुई है, तब-तब उस विकृत जाति-भेद को तोड़ने के प्रबल प्रयत्न किए गए हैं, परंतु यह कार्य चिरकाल तक हमें ही करना पड़ेगा। हमीं को प्राचीन भारत की परिणति और क्रमविकास-स्वरूप नए भारत का गठन करना होगा; जो कोई वैदेशिक भाव हमें इस कार्य में सहायता देगा, वह फिर चाहे जहाँ से मिले, उसे ग्रहण कर हमें अपना बना लेना होगा। दूसरा कोई हमारे लिए इस कार्य को नहीं कर सकता। सारी उन्नति व्यक्ति या जाति के भीतर से होनी चाहिए। इंग्लैंड बस इतना ही कर सकता है, वह भारत को उसकी इस आत्मोद्धार की साधना में सहायता पहुँचा सकता है, इससे अधिक कुछ नहीं। मेरे मत से यदि दूसरा कोई बलपूर्वक भारत की गरदन पकड़कर उसकी उन्नति करना चाहे, तो उससे कोई लाभ नहीं होगा। गुलाम की मनोवृत्ति से किए हुए सर्वोत्तम कार्य के फल से भी अवनति ही हुआ करती है।

**प्रश्न** : क्या कभी आपने इंडियन नेशनल कांग्रेस के आंदोलन की ओर भी ध्यान दिया है?

**उत्तर** : मैं यह नहीं कह सकता कि उधर मैंने कोई विशेष ध्यान दिया है। मेरा कर्मक्षेत्र दूसरा है, परंतु मेरा विश्वास है, उस

आंदोलन से भविष्य में विशेष शुभ फल की प्राप्ति की संभावना है और उसकी सिद्धि के लिए मैं हार्दिक प्रार्थना करता हूँ। उसके द्वारा भारत की विभिन्न छोटी-छोटी जातियों से एक बृहत् राष्ट्र गठित हो रहा है। मुझे कभी-कभी ऐसा मालूम होता है कि भारत की विभिन्न जातियों में जो परस्पर भिन्नता है, वह यूरोप के विभिन्न देशों की आपसी भिन्नता से कोई कम नहीं है। अतीत में यूरोप की भिन्न-भिन्न जातियों ने भारतीय वाणिज्याधिकार के लिए बड़ा प्रयत्न किया है और इस भारतीय वाणिज्य ने संसार की सभ्यता के विस्तार में एक प्रबल शक्ति के रूप में कार्य किया है। भारतीय वाणिज्याधिकार की प्राप्ति मानव-जाति के इतिहास में एक प्रकार से भाग्यचक्र में परिवर्तन लानेवाली घटना कही जा सकती है। हम देखते हैं कि डच, पुर्तगाली, फ्रांसीसी और अंग्रेज क्रम से उस अधिकार की प्राप्ति के लिए कोशिश करते रहे। यह भी कहा जा सकता है कि वेनिसवासियों ने प्राच्य देशों में वाणिज्याधिकार में क्षतिग्रस्त होने के कारण, सुदूर पाश्चात्य प्रदेश में इस क्षतिपूर्ति की जो चेष्टा की, उसी से अमेरिका का आविष्कार हुआ है।

**प्रश्न** : इसकी परिणति कहाँ होगी?

**उत्तर** : अवश्य इसका अंत भारत में साम्यभाव की स्थापना में होगा; सारे भारतीयों के लिए व्यक्तिगत समान अधिकार की प्राप्ति में, जिसे हम प्रजातंत्रात्मक भाव कहते हैं, इसकी परिणति होगी। ज्ञान मुट्ठी भर शिक्षित व्यक्तियों की एकाधिकार संपत्ति न रहेगा; वह समाज में उच्च स्तर से धीरे-धीरे निम्नतम स्तर तक विस्तृत होगा। जनसाधारण में शिक्षा का प्रसार किया जा रहा है, भविष्य में शिक्षा सबके लिए अनिवार्य कर दी जाएगी। भारतीय जनता में, जो अथाह कार्यकारी शक्ति

विद्यमान है, उसे काम में लाना होगा। भारत के हृदय में महान् शक्ति निहित है, उसको जगाना है।

**प्रश्न** : बिना प्रबल युद्ध-सामर्थ्यवान हुए क्या कभी कोई जाति बड़ी बनी है?

**उत्तर** : स्वामीजी ने क्षणमात्र के लिए भी इतस्त: न करते हुए तुरंत उत्तर दिया, "हाँ, चीन इसका उदाहरण है। मैंने चीन और जापान में भी भ्रमण किया है। आज चीन की दशा एक बिखरे हुए दल के समान है; पर जब वह उन्नति के शिखर पर था, तब उसकी जैसी सुंदर और सुश्रृंखलाबद्ध समाज-व्यवस्था थी, वैसी आज तक दुनिया में और कहीं देखी नहीं गई। आज हम जिन उपायों और प्रणालियों को आधुनिक समझते हैं, उनमें से अधिकांश तो चीन में सैकड़ों क्यों, हजारों वर्ष तक प्रचलित थीं। उदाहरण के लिए, बड़ी-बड़ी नौकरियों के लिए होनेवाली प्रतियोगिता-परीक्षाओं को ही लीजिए।"

**प्रश्न** : अच्छा, चीन की ऐसी विश्रृंखल दशा क्यों हो गई?

**उत्तर** : इसलिए कि चीन अपनी सामाजिक प्रणाली के अनुरूप योग्य व्यक्तियों का निर्माण न कर सका। आप लोगों में यह कहावत प्रसिद्ध ही है कि "पार्लियामेंट के विधान-बल से मनुष्यों को सद्‌गुणी नहीं बनाया जा सकता।" चीनियों ने यह बात पहले ही अनुभव कर ली थी। इसलिए राजनीति की अपेक्षा धर्मनीति की अधिक उपकारिता है, क्योंकि धर्म-विषयों के मूल तक पहुँचता है और मनुष्य की चेष्टाओं की भित्ति को लेकर रहता है।

**प्रश्न** : आप भारत की जिस जागृति के विषय में कह रहे हैं, भारत क्या उस संबंध में सचेत है?

**उत्तर** : संपूर्ण सचेत है। दुनिया शायद मुख्यत: कांग्रेस-आंदोलन और समाज-सुधार-क्षेत्र में ही जागरण अनुभव कर रही है;

पर धर्म के क्षेत्र में भी यह जागरण उतना ही सत्य है, भले ही वह अपेक्षाकृत धीरे-धीरे हो रहा है।

**प्रश्न** : पाश्चात्य और प्राच्य देशों के आदर्शों में इतना अंतर है। हमारा आदर्श सामाजिक अवस्था की पूर्णता प्राप्त करना है। हम लोग इन्हीं समस्याओं के समाधान में लगे हुए हैं; जबकि दूसरी ओर प्राच्य निवासी सूक्ष्म तत्त्वों के ध्यान में अपनी सारी शक्ति लगा रहे हैं। यहाँ पार्लियामेंट इस पर विचार-विनिमय कर रही है कि सूडान की लड़ाई में भारतीय सैनिकों का व्यय-भार किसके सिर लादा जाए। रक्षणशील दल के सभी शिष्ट संवाद-पत्रों ने सरकार के इस अनुचित निर्णय के विरोध में प्रबल आवाजें उठाई हैं, परंतु आप लोग शायद सोचते होंगे कि यह विषय बिल्कुल ध्यान देने योग्य नहीं है।

स्वामीजी सामने पड़े हुए अखबार को लेकर रक्षणशील दल के पत्रों से उद्धृत किए हुए अंशों पर नजर दौड़ाते हुए बोले, "पर वहाँ पर आपने बिल्कुल गलत समझा है। इस विषय में मेरी सहानुभूति स्वाभाविक ही अपने देश के साथ है। फिर भी यहाँ मुझे एक प्राचीन संस्कृत कहावत याद आती है, 'विक्रीते करिणि किमंकुशे विवादः', अर्थात् 'हाथी को तो बेच डाला, अब अंकुश को लेकर झगड़ा क्यों?' भारत तो चिरकाल से ही देता आ रहा है। राजनीतिज्ञों का विवाद बड़ा विचित्र होता है। राजनीति में धर्म का प्रवेश कराने के लिए अनेक युग लगेंगे।"

**प्रश्न** : तो भी उस कार्य के लिए अभी से प्रयत्न तो करना चाहिए?

**उत्तर** : हाँ, संसार के सबसे बड़े शासन-यंत्र, इस विशाल लंदन नगरी के हृदय में किसी भाव का बीजारोपण कर देना विशेष आवश्यक है। मैं बहुधा इसकी कार्यप्रणाली का पर्यवेक्षण किया करता हूँ, देखा करता हूँ, कैसे तेज और कैसी पूर्णता के साथ सबसे सूक्ष्म नस तक इसका भाव-प्रवाह पहुँच रहा है। इसका भाव-विस्तार, इसकी चारों ओर शक्ति-संचालन

करने की प्रणाली कैसी अद्भुत है। इसको देखने से समग्र साम्राज्य की बृहत्ता तथा इसके कार्य की महत्ता को समझने में सहायता मिलती है। अन्यान्य विषयों के विस्तार के साथ-साथ यह शासन-यंत्र के भावों का भी विस्तार किया करता है। इस महान् यंत्र के अंतस्तल में कुछ भावों का प्रवेश कर देना बड़ा आवश्यक है, जिससे सबसे दूरवर्ती प्रदेश तक उनका प्रसार हो सके।

स्वामीजी की आकृति विशेषत्वपूर्ण है। उनका लंबा-चौड़ा, सुंदर, सुडौल शरीर प्राच्य देशों की आकर्षक वेशभूषा से और भी सुंदर दिखाई देता है। उनका व्यक्तित्व बड़ा प्रभावशाली है। जन्म से वे बंगाली हैं तथा कलकत्ता विश्वविद्यालय के ग्रैजुएट हैं। उनकी वक्तृताशक्ति असाधारण है। बिना किसी संक्षिप्त नोट आदि के ही वे किसी भी विषय पर डेढ़-डेढ़ घंटे तक धाराप्रवाह वक्तृता दे सकते हैं, एक शब्द के लिए भी उनको कहीं पर रुकना नहीं पड़ता।

□

# इंग्लैंड में भारतीय धर्म-प्रचारक

स्वामीजी यदि अपने देश में होते तो शायद किसी पेड़ के नीचे या किसी मंदिर के अहाते में ही पड़े रहते; वे अपने देश की पोशाक पहनते और उनका सिर मुँड़ा हुआ होता, परंतु लंदन में वे ऐसा कुछ नहीं करते। अत: मैं जब स्वामीजी से मिलने गया, तो देखा कि वे अन्य व्यक्तियों की ही तरह निवास कर रहे हैं। वेशभूषा भी अन्यान्य लोगों के ही समान है। हाँ, इतनी विशेषता अवश्य है कि गेरुए रंग का एक लंबा सा चोगा पहनते हैं। वे हँसते हुए बोले, "लंदन की सड़कों पर गरीबों के, जो छोटे-छोटे लड़के घूमते-फिरते हैं, वे मेरे पहनावे को बिल्कुल ही पसंद नहीं करते, विशेषकर साफा पहनने पर तो कहना ही क्या! उस पोशाक में मुझे देखकर वे जो कुछ कहते हैं, वह बतलाने लायक नहीं है।"

मैंने इन भारतीय योगी से प्रार्थना की कि वे अपने नाम के अक्षरों का धीरे-धीरे उच्चारण करें।

**प्रश्न** : आप क्या ऐसा समझते हैं कि आजकल असार और गौण विषयों में ही लोगों की दृष्टि अधिक रहती है?

**उत्तर** : मुझे तो ऐसा प्रतीत होता है। अनुन्नत जातियों एवं पाश्चात्य देश की सभ्य जातियों के अंतर्गत अल्प शिक्षितों में भी यह भाव देखा जाता है। आपके प्रश्न से यह सूचित होता है कि शिक्षित और धनी व्यक्तियों का भाव अलग है और सचमुच वैसा है भी। धनी लोग या तो भोग-ऐश्वर्य में डूबे हुए हैं

अथवा अधिक धन बटोरने की चिंता में हैं तथा सांसारिक कर्मों में व्यस्त अधिकांश लोग यही समझते हैं कि धर्म मिथ्या और व्यर्थ की चीज है; वे सचमुच ऐसा अनुभव भी करते हैं। यदि कोई धर्म प्रचलित है, तो वह है—देश-प्रेम और लोकाचार। लोग गिरजाघरों में तभी जाते हैं, जब या तो विवाह होता है या किसी की अंत्येष्टि क्रिया।

**प्रश्न** : आपके प्रचार का फल क्या यह होगा कि लोग गिरजाघरों में अधिक जाने लगेंगे?

**उत्तर** : मैं तो ऐसा नहीं समझता; क्योंकि बाह्य अनुष्ठान या मतवाद के साथ मेरा कुछ भी संबंध नहीं है। धर्म ही सबकुछ है और सबके भीतर है, बस यही दिखाना मेरा जीवन-व्रत है और यहाँ इंग्लैंड में कौन सा भाव चल रहा है? भाव-गति को देखकर तो ऐसा मालूम होता है कि समाजवाद या और किसी प्रकार का लोकतंत्र, चाहे आप उसको किसी भी नाम से पुकारें, शीघ्र प्रचलित होगा। लोग अवश्य अपनी सांसारिक जरूरत की चीजों की आकांक्षा मिटाना चाहेंगे कि उनके काम पहले से कम हो जाएँ, खाने-पीने को अच्छी तरह मिले, अत्याचार और लड़ाई आदि संसार में बिल्कुल बंद हो जाए। अच्छा, एक बात पूछता हूँ, यदि यहाँ की अथवा अन्य कोई भी सभ्यता, धर्म पर, मनुष्य की साधुता पर प्रतिष्ठित न हो, तो उसके टिकने की निश्चितता क्या? यह आप पक्का जान लें कि धर्म सब विषयों की जड़ तक पहुँचता है। यदि वह ठीक रहे, तो सभी कुछ ठीक रहेगा।

**प्रश्न** : परंतु धर्म का सार, जो दार्शनिक भाव है, उसे तो लोगों की बुद्धि में प्रवेश कराना सहज न होगा, क्योंकि लोग हमेशा जिन विचारों और भावों का अवलंबन करते हुए जीवन व्यतीत करते हैं, उनसे धर्म का सार-भाव तो बहुत दूर है?

**उत्तर** : सभी धर्मों में हम यह पाते हैं कि लोग पहली अवस्था में निम्नतर सत्य का अवलंबन करते हैं; फिर उसी के बल से तदपेक्षा उच्चतर सत्य में पहुँचते हैं। इसलिए यह कहना कि हम असत्य से सत्य में पहुँचते हैं, गलत है। सारी सृष्टि के अंतराल में एकत्व विद्यमान है, परंतु मनुष्यों का मन नितांत भिन्न-भिन्न प्रकार का होता है। "एकं सद्विप्रा बहुधा वदन्ति", "यथार्थ वस्तु एक ही है, ज्ञानी उसी का भिन्न-भिन्न प्रकार से वर्णन करते हैं।" मेरे कहने का तात्पर्य यह है कि लोग संकीर्णतर सत्य से व्यापकतर सत्य की ओर अग्रसर होते हैं। इसलिए अविकसित अथवा निम्न कोटि के धर्म भी मिथ्या नहीं हैं, वे भी सत्य हैं; हाँ, उनमें सत्य की धारणा या अनुभूति अपेक्षाकृत अस्पष्ट या निकृष्ट है, बस इतना ही। लोगों के ज्ञान का विकास धीरे-धीरे नित्य सनातन सत्यस्वरूप ब्रह्म की विकृत उपासना है। धर्म के और भी जितने रूप हैं, उनमें भी किसी-न-किसी अंश में सत्य वर्तमान है। किसी भी धर्मविशेष में सत्य पूर्णरूप से वर्तमान नहीं है।

**प्रश्न** : क्या मैं पूछ सकता हूँ कि आप इंग्लैंड में जिस धर्म का प्रचार करने के लिए आए हैं, वह क्या आप ही के द्वारा प्रवर्तित किया गया है?

**उत्तर** : कदापि नहीं। मैं तो श्रीरामकृष्णदेव नामक एक भारतीय महापुरुष का शिष्य हूँ। हमारे देश के कई महापुरुषों की तरह वे कोई विशेष पंडित तो न थे, पर एक अतिशय पवित्रात्मा थे; उनका जीवन और उनके उपदेश वेदांत-दर्शन के भाव से विशेष रूप से रँगे हुए थे। मैंने 'वेदांत-दर्शन' शब्द का प्रयोग किया है, पर उसे 'धर्म' भी कहा जा सकता है, क्योंकि वास्तव में वह 'धर्म' है और 'दर्शन' भी। हाल ही में 'नाइंटीन्थ सेंचुरी' नामक पत्र के एक अंक में प्राध्यापक

मैक्समूलर ने मेरे गुरुदेव के विषय में जो विवरण प्रकाशित किया है, उसे आप कृपया पढ़िए। सन् 1836 में बंगाल के हुगली नामक जिले में श्रीरामकृष्ण देव का जन्म हुआ था और सन् 1886 में उन्होंने देह छोड़ दी। केशवचंद्र सेन तथा अन्यान्य व्यक्तियों पर उनका प्रबल प्रभाव पड़ा था। शरीर और मन के संयम का अभ्यास कर उन्होंने आध्यात्मिक विषयों में गंभीर अंतर्दृष्टि प्राप्त कर ली थी। उनके मुख का भाव साधारण मनुष्यों की भाँति नहीं था। उस पर बालक की तरह कमनीयता, गंभीर नम्रता, अद्‌भुत शांति और माधुर्य का भाव खेला करता था। उनके श्रीमुख के दर्शन करने पर कोई भी बरबस ही उनकी ओर आकृष्ट हुए बिना नहीं रहता था।

**प्रश्न** : तब तो मालूम होता है, आपके उपदेशों का मूल वेद ही है।

**उत्तर** : हाँ, 'वेदांत' शब्द का अर्थ है—वेदों का अंतिम भाग, वह वेदों का तीसरा भाग है। उसको उपनिषद् भी कहा जाता है। पहले के भाग में, जो सब भाव बीजाकार में हैं, उन्हीं की उत्तर भाग में, अर्थात् उपनिषदों में परिपक्वता हुई है। वेदों के सबसे प्राचीन भाग का नाम है—संहिता। उसकी भाषा अत्यंत प्राचीन युग की संस्कृत है। केवल यास्क-कृत निरुक्त नामक अति प्राचीन संस्कृत-कोष की सहायता से ही उसका अर्थ समझ में आ सकता है।

**प्रश्न** : हम अंग्रेज तो बल्कि ऐसा समझते हैं कि भारत को हमसे बहुत-कुछ शिक्षा लेनी है; परंतु हमको भी भारत से कुछ सीखना है, इस संबंध में हमारी साधारण जनता अज्ञान में ही है ?

**उत्तर** : हाँ, यह बात सत्य है, परंतु विद्वान् लोग इस बात को अच्छी तरह जानते हैं कि भारत से कहाँ तक शिक्षा मिल सकती है और वह शिक्षा कितनी महत्त्वपूर्ण है। आप मैक्समूलर,

मोनियर विलियम्स, सर विलियम हंटर अथवा जर्मनी के प्राच्य पंडितों को कभी भी भारतीय सूक्ष्मतत्त्व-विज्ञान की अवज्ञा करते नहीं पाएँगे।

स्वामीजी 39 नं. विक्टोरिया स्ट्रीट में वक्तृता दिया करते हैं। कोई भी आकर सुन सकता है। आने में किसी को किसी प्रकार की रोक-टोक नहीं है और प्राचीन प्रेरितगण के युग की तरह यह नई शिक्षा बिना मूल्य दी जाती है। इस भारतीय धर्म-प्रचारक की देह का गठन असाधारण रूप से सुंदर है। अंग्रेजी भाषा पर उनका पूरा-पूरा प्रभुत्व है, यह कहना नितांत सत्य होगा।

—सी.एस.बी.

□

# मदुरै में एक घंटा

**प्रश्न** : मैं जहाँ तक जानता हूँ, 'जगत् मिथ्या है', इस मत की व्याख्या निम्नलिखित प्रकारों से होती है—

(1) अनंत की तुलना में नश्वर नाम-रूप का स्थायित्व इतना क्षुद्र और अल्प है कि वह नहीं सा है।

(2) दो प्रलयों का मध्यवर्ती स्थिति-काल भी अनंत की तुलना में ऐसा ही है।

(3) जैसे शुक्ति में रजत-ज्ञान अथवा रज्जु में सर्प-ज्ञान भ्रम की दशा में सत्य है और यह ज्ञान मन की किसी अवस्था विशेष पर निर्भर रहता है, वैसे ही वर्तमान में इस जगत् की भी एक आपात-प्रतीयमान सत्यता है और यह सत्यता-ज्ञान भी मन की अवस्था-विशेष पर निर्भर रहता है, किंतु परमार्थतः (अंतिम सत्य के रूप में) वह मिथ्या है।

(4) वंध्या-पुत्र या शश-शृंग जिस प्रकार मिथ्या है, यह जगत् भी उसी प्रकार एक मिथ्या कल्पना मात्र है।

इन भावों में से अद्वैत दर्शन के अनुसार 'जगत् मिथ्या' का तात्पर्य किससे है?

**उत्तर** : अद्वैतवादियों में अनेक भेद हैं, परंतु उनमें से प्रत्येक ने उपर्युक्त मतों में से किसी-न-किसी एक के सहारे अद्वैतवाद को समझा है, पर आचार्य शंकर ने तृतीय मतानुसार शिक्षा

दी है। वे कहते हैं कि यह जगत् हमारे सम्मुख जिस रूप में प्रतिभासित हो रहा है, वह हमारे वर्तमान ज्ञान की अवस्था में व्यावहारिक रूप से सत्य है; परंतु जब मनुष्य का ज्ञान उच्चभूमि में पहुँचता है, तब यह बिल्कुल अंतर्हित हो जाता है। आप अँधेरे में एक ठूँठ को देखकर उसे भूत समझ बैठते हैं। उस समय के लिए आपका भूत-ज्ञान सत्य है, क्योंकि यथार्थ भूत आपके मन में जो विकार उत्पन्न करता और उसका जो फल होता, ठीक वही फल इससे भी हो रहा है। आप ज्यों ही समझ लेंगे कि वह केवल एक ठूँठ है, त्यों ही आपका भूत-ज्ञान चला जाएगा। ठूँठ-ज्ञान और भूत-ज्ञान दोनों एक साथ नहीं ठहर सकते; उसमें से जब एक रहता है, तब दूसरा नहीं रहता।

**प्रश्न** : आचार्य शंकर के कुछ ग्रंथों में क्या चतुर्थ मत को भी स्वीकार नहीं किया गया है?

**उत्तर** : नहीं। आचार्य शंकर के 'जगत् मिथ्या' उपदेश का मर्म ठीक-ठीक ग्रहण करने में असमर्थ होने के कारण कुछ व्यक्ति वैसी अतिशयोक्ति कर बैठे हैं। उन्हीं ने अपने ग्रंथों में उस चतुर्थ पक्ष का समर्थन किया है। प्रथम और द्वितीय पक्ष का ग्रहण किसी-किसी श्रेणी के अद्वैतवादियों ने किया है, पर आचार्य शंकर ने उनके मत का अनुमोदन कभी नहीं किया।

**प्रश्न** : इस आपात-प्रतीयमान सत्यता का क्या कारण है?

**उत्तर** : ठूँठ में भूत का भ्रम होता है, उसका कारण क्या होता है? यथार्थ में जगत् सर्वदा एकरूप ही है, आपका मन ही उसमें अनेकानेक अवस्था-वैचित्र्य की सृष्टि कर रहा है।

**प्रश्न** : 'वेद अनादि-अनंत हैं', इस कथन का क्या तात्पर्य है, यह बात क्या वैदिक मंत्रों के विषय में है? और यदि वेद-मंत्रों में

निहित सत्य को लक्ष्य करके ही वेदों को अनादि-अनंत कहा जाता हो, तो फिर क्या न्याय, ज्यामिति, रसायन आदि शास्त्र भी अनादि-अनंत न होंगे; क्योंकि उनमें भी तो सनातन सत्य विद्यमान है?

**उत्तर :** एक समय ऐसा था, जब वेद इस अर्थ में अनादि-अनंत समझे जाते थे कि "उनके अंतर्गत आध्यात्मिक सत्य अपरिवर्तनशील और सनातन है, केवल मनुष्य के समक्ष अभिव्यक्त मात्र हुए हैं।" ऐसा मालूम होता है कि उत्तरकाल में अर्थज्ञान सहित वैदिक मंत्रों का ही प्राधान्य हो गया, जिससे लोग इन मंत्रों को ही ईश्वरप्रसूत मानकर विश्वास करने लगे और भी आगे चलकर मंत्रों के अर्थ से यह मालूम होने लगा कि उनमें बहुत से ऐसे मंत्र हैं, जो ईश्वरप्रसूत नहीं माने जा सकते, क्योंकि वे मानव-जाति के लिए प्राणियों को पीड़ा पहुँचाने के हेतु अशुद्ध कर्मों का विधान करते हैं और उनमें से कुछ मंत्रों में तो हास्यास्पद कथाएँ भी वर्णित हैं। "वेद अनादि-अनंत हैं", इस बात का तात्पर्य यही है कि उनके द्वारा मनुष्यों के लिए जिस विधि या सत्य का प्रकाश किया गया है, वह नित्य और अपरिणामी है। न्याय, ज्यामिति, रसायन प्रभूत शास्त्र भी मनुष्यों के लिए नित्य, अपरिणामी नियम या सत्य का प्रकाश करते हैं और इस दृष्टि से वे भी अनादि-अनंत हैं, परंतु ऐसा कोई सत्य या विधि नहीं है, जो वेदों में न हो। मैं आप सबको चुनौती देता हूँ कि आप एक ऐसा सत्य तो दिखा दें, जिसकी व्याख्या वेदों में न हो।

**प्रश्न :** अद्वैतवाद की दृष्टि में मुक्ति का स्वरूप कैसा है, मेरे पूछने का तात्पर्य यह है कि क्या उनके मत से मुक्तिदशा में भी ज्ञान रहता है? अद्वैतवादियों की मुक्ति और बौद्धों का निर्वाण, इनमें क्या कुछ भेद है?

**उत्तर :** मुक्ति में भी एक प्रकार का ज्ञान रहता है, जिसे हम 'तुरीयज्ञान' या 'ज्ञानातीत अवस्था' कहते हैं। उस ज्ञान के साथ हमारे वर्तमान ज्ञान का बहुत भेद है। यह कहना कि मुक्ति की अवस्था में किसी प्रकार का ज्ञान नहीं रहता, युक्ति-विरुद्ध है। प्रकाश की तरह ज्ञान की भी तीन अवस्थाएँ होती हैं—मृदु या मंद, मध्यविध या मध्यम और अधिमात्र या तीव्र। जब प्रकाश परमाणुओं का स्पंदन अतिशय प्रबल होता है, तब प्रकाश इतना तीव्र हो जाता है कि उसकी उज्ज्वलता से आँखें चकाचौंध हो जाती हैं और जिस प्रकार अति क्षीण प्रकाश में कुछ नहीं दिखाई देता, उसी प्रकार इसमें भी कुछ नहीं दिखाई देता। ऐसा ही ज्ञान के विषय में भी है। बौद्ध लोग चाहे जो कहें, पर उनके निर्वाण में भी इस प्रकार का ज्ञान विद्यमान है। हमारी मुक्ति की व्याख्या अस्तिक-भावात्मक है और बौद्धों के निर्वाण की नास्तिक-भाव द्योतक।

**प्रश्न :** उपाधि या अवस्था के अतीत होते हुए भी ब्रह्म जगत् की सृष्टि के लिए उपाधि या अवस्था विशेष का आश्रय क्यों लेता है?

**उत्तर :** आपका यह प्रश्न ही अयौक्तिक है, न्यायशास्त्र के बिल्कुल विरुद्ध है। ब्रह्म वाणी या मन का विषय नहीं है। जो वस्तु देश-काल-निमित्त से परे है, उसको मानव-बुद्धि कभी अपना विषय नहीं कर सकती। जहाँ तक देश-काल-निमित्त का राज्य है, बस वहीं तक युक्ति या अनुसंधान का अधिकार है। जब ऐसा है, तब जिस विषय की मनुष्य-बुद्धि द्वारा धारणा होना असंभव है, उसके संबंध में जानने की इच्छा व्यर्थ की चेष्टामात्र है।

**प्रश्न :** ऐसा देखने में आता है कि कई लोग कहते हैं कि पुराणों के ऊपरी अर्थ के पीछे गुह्य अर्थ विद्यमान है। वे कहते हैं कि

पुराणों में उन गुह्य भावों का ही रूपक की सहायता से वर्णन किया गया है। फिर कुछ ऐसा कहते हैं कि पुराणों में कुछ भी ऐतिहासिक सत्य नहीं है, उच्चतम आदर्शों को समझाने के लिए पुराणकर्ताओं ने कुछ काल्पनिक चरित्रों की सृष्टि कर ली है। दृष्टांत के लिए विष्णुपुराण, रामायण या महाभारत की बात लीजिए। अब प्रश्न यह है कि क्या वास्तव में उनमें कुछ ऐतिहासिक सत्य है या वे केवल दार्शनिक सत्यों के रूपक-वर्णन मात्र हैं, अथवा मानव-जाति के चरित्र को नियमित करने के लिए उच्चतम आदर्शों के दृष्टांत हैं अथवा मिल्टन, होमर आदि कवियों की कृतियों की तरह वे भी केवल उच्च भावात्मक काव्य मात्र हैं?

**उत्तर :** कुछ-न-कुछ ऐतिहासिक सत्य प्रत्येक पुराण की भित्ति है। पुराणों का लक्ष्य है, विभिन्न भावों में से परम सत्य की शिक्षा देना और यदि उनमें कहीं कुछ ऐतिहासिक सत्य न भी हो, तो भी वे जिस उच्चतम सत्य का उपदेश देतें हैं, उसकी दृष्टि से वे हमारे लिए उच्च प्रमाणस्वरूप हैं। दृष्टांत के लिए रामायण को ही लीजिए, उसको एक अनुल्लंघनीय प्रमाण-ग्रंथ के रूप में स्वीकार करने के लिए रामचंद्र जैसे किसी व्यक्ति की ऐतिहासिक सत्यता को भी अवश्य स्वीकार करना होगा, ऐसी कोई बात नहीं। रामायण या महाभारत में जिस धर्म की महिमा गाई गई है, वह राम या कृष्ण के अस्तित्व-नास्तित्व की अपेक्षा नहीं रखती। इसलिए इनके अस्तित्व में विश्वासी न होने पर भी रामायण और महाभारत ने मानव-जाति को जिन महान् तत्त्वों का उपदेश दिया है, उनके संबंध में इन ग्रंथों का उच्च प्रामाण्य स्वीकृत किया जा सकता है। हमारा दर्शन अपनी सत्यता के लिए किसी व्यक्ति विशेष पर निर्भर नहीं करता। देखिए,

कृष्ण ने संसार को कोई नई या मौलिक शिक्षा नहीं दी। वैसे ही रामायणकार ने भी कभी कोई ऐसी बात नहीं कही, जो हमारे वेदादि शास्त्रों में बिल्कुल उपदिष्ट न हो। यह एक विशेष ध्यान देने की बात है कि ईसाई-धर्म ईसा के बिना, इसलाम-धर्म मुहम्मद के बिना और बौद्ध-धर्म बुद्ध के बिना नहीं ठहर सकता, परंतु हिंदू-धर्म ही एकमात्र ऐसा है, तो किसी व्यक्ति विशेष पर बिल्कुल निर्भर नहीं करता और यदि इस बात का विचार करना हो कि पुराण में वर्णित दार्शनिक सत्य कहाँ तक प्रामाण्य हैं, तो इसके लिए यह सब चर्चा करने की कोई आवश्यकता नहीं कि उसमें वर्णित व्यक्ति वास्तव में थे अथवा वे केवल काल्पनिक चरित्र मात्र हैं। पुराणों का उद्देश्य था—मानव-जाति को शिक्षा देना और जिन ऋषियों ने उनकी रचना की, उन्होंने कुछ ऐसे ऐतिहासिक चरित्र ढूँढ़े, जिन पर वे अपनी इच्छानुसार सारे अच्छे अथवा बुरे गुणों का आरोप कर सकते थे और इस प्रकार वे मानव-जाति के परिचालन के लिए धर्म का विधान कर गए। यह क्या आवश्यक है कि रामायण में वर्णित दस मुँहवाले रावण का अस्तित्व मानना ही पड़ेगा? दस मुँहवाला कोई रहा हो या न रहा हो, हमें तो बस उस सत्य का विशेष रूप से अध्ययन और विचार करना है, जिसकी शिक्षा उस चरित्र के सहारे दी गई है। आज आप कृष्ण का और भी आकर्षक वर्णन कर सकते हैं और यह वर्णन आपके आदर्श की उच्चता के अनुरूप होगा, परंतु पुराणों में वर्णित महोच्च दार्शनिक सत्य सर्वदा एक ही रूप होते हैं।

**प्रश्न** : यदि कोई व्यक्ति सिद्ध हो जाए, तो क्या उसे अपने पूर्व-जन्मों की घटनाएँ याद आ सकती हैं? पूर्व-जन्म का उसका

स्थूल मस्तिष्क, जिसमें उसकी पूर्वानुभूति के संस्कार संचित थे, अब नहीं रहा। इस जन्म में उसे एक नया मस्तिष्क मिला है। अत: ऐसी स्थिति में यह कैसे संभव है कि उसका वर्तमान मस्तिष्क उस यंत्र द्वारा गृहीत संस्कारों को स्मरण में लाए, जो अभी वर्तमान में नहीं है?

**स्वामीजी** : सिद्ध शब्द से आपका क्या तात्पर्य है?

**संवाददाता** : जिसने अपनी 'गुह्य' शक्तियों का 'विकास' किया हो।

**स्वामीजी** : मैं यह नहीं समझ सकता कि 'गुह्य' शक्तियों का विकास कैसे होगा? आपका मतलब मैं समझ सकता हूँ, पर मैं चाहता हूँ कि जिन शब्दों का व्यवहार किया जाए, उनके अर्थ बिल्कुल स्पष्ट और सीधे हों। जहाँ पर जो शब्द उचित हो, वहाँ पर बस उसी का व्यवहार करना चाहिए। आप कह सकते हैं कि 'गुह्य' या 'अव्यक्त' शक्ति 'व्यक्त' या 'निरावृत' होती है। जिनकी अव्यक्त शक्ति व्यक्त हो गई है, वे अपने पूर्व-जन्मों की घटनाओं का स्मरण कर सकते हैं; क्योंकि मरने के बाद जो सूक्ष्म या लिंग शरीर रहता है, वही उनके वर्तमान मस्तिष्क का बीजस्वरूप है।

**प्रश्न** : अहिंदू को हिंदू धर्मावलंबी करना हिंदू-धर्म के मूल भाव का विरोध तो नहीं है और एक चांडाल यदि शास्त्र की व्याख्या करे तो क्या ब्राह्मण उसे सुन सकते हैं?

**उत्तर** : अहिंदू को हिंदू बनाने में हिंदू-धर्म को कोई आपत्ति नहीं है। कोई भी व्यक्ति, वह चाहे शूद्र हो या चांडाल, ब्राह्मण के भी सम्मुख दर्शनशास्त्र की व्याख्या कर सकता है। सबसे नीच व्यक्ति से भी, चाहे वह जिस जाति या धर्म का हो, सत्य की शिक्षा ली जा सकती है।

अपने इस मत के प्रमाण में स्वामीजी ने बहुत से संस्कृत श्लोक उद्धृत किए। इतने में वार्त्तालाप बंद हो गया, क्योंकि स्वामीजी का मंदिर में जाने का

निर्दिष्ट समय हो चुका था। उन्होंने उपस्थित सज्जनों से विदा ली और देवता-दर्शन के लिए मंदिर चले गए।

## भारतेतर देश एवं भारत की विभिन्न समस्याएँ

एक पत्र प्रतिनिधि चिंगलपुट स्टेशन पर स्वामीजी से ट्रेन में मिले और उनके साथ मद्रास तक आए। गाड़ी में उन दोनों के बीच निम्नलिखित वार्त्तालाप हुआ—

**प्रश्न :** स्वामीजी, आप अमेरिका क्यों गए थे?

**उत्तर :** यह एक कठिन प्रश्न है। संक्षेप में इस प्रश्न का उत्तर देना मुश्किल है। अभी मैं इस प्रश्न का केवल आंशिक उत्तर दे सकता हूँ। भारत में मैंने सर्वत्र भ्रमण किया था, मैंने देखा कि भारत-भ्रमण तो काफी हो गया, अब दूसरे देशों को भी देखना चाहिए। मैं जापान होते हुए अमेरिका गया था।

**प्रश्न :** आपने जापान में क्या देखा, आज जापान जिस तरह उन्नति के मार्ग पर अग्रसर हो रहा है, आपकी समझ में क्या उनका अनुसरण करना भारत के लिए संभव है?

**उत्तर :** जब तक भारत के तीस करोड़ लोग मिलकर एक राष्ट्र नहीं बन जाते, तब तक कोई संभावना नहीं है। जापानियों के समान स्वदेश-हितैषी और कला-निपुण जाति संसार में दूसरी नहीं दिखती। जापानियों में और भी एक विशेषता है, यूरोप और अन्य स्थानों में एक ओर जैसे कला-कौशल्य की उन्नति है, वैसे ही दूसरी ओर वहाँ गंदगी भी है, परंतु जापानियों में जैसे कला का सौंदर्य है, वैसे ही उनमें साफ-सफाई भी है। मेरी हार्दिक इच्छा है कि हमारे देश के नवयुवक जीवन में कम-से-कम एक बार जापान घूम-फिर आएँ। वहाँ जाना कोई विशेष कठिन नहीं है। जापानियों के लिए हिंदुओं की प्रत्येक वस्तु महान् है और भारत को वे तीर्थस्थल समझते हैं। सिंहल

के बौद्ध-धर्म से जापान का बौद्ध-धर्म बिल्कुल पृथक् है। जापान का बौद्ध-धर्म वेदांत से भिन्न नहीं है। सिंहल का बौद्ध-धर्म नास्तिकता के दोष से दूषित है, परंतु जापान का बौद्ध-धर्म आस्तिक है।

**प्रश्न** : जापान अकस्मात् ही कैसे इतना उन्नत हो गया, इसका क्या रहस्य है ?

**उत्तर** : जापानियों का आत्मविश्वास और स्वदेश-प्रेम। जब भारत में ऐसे व्यक्तियों का जन्म होगा, जो जन्मभूमि के लिए सर्वस्व बलिदान करने के लिए तत्पर रहेंगे, जिनके मन और मुँह एक होंगे, अर्थात् जो निष्कपट और लगन के पक्के होंगे, तब भारत पुनः सब विषयों में श्रेष्ठ पदवी प्राप्त करेगा। मनुष्य ही देश का निर्माण करते हैं। केवल भूखंड में क्या रखा है ? सामाजिक तथा राजनीतिक विषयों में जब तुम जापानियों के समान सच्चे होगे, तब तुम भी जापानियों की तरह बड़े हो जाओगे। जापानी लोग अपने देश के लिए सबकुछ न्योछावर करने को तैयार रहते हैं। इसीलिए वे बड़े बन गए हैं और तुम लोग ? तुम लोग तो कामिनी-कंचन के लिए सर्वस्व त्यागने को प्रस्तुत हो !

**प्रश्न** : आपकी इच्छा क्या ऐसी है कि भारत जापान के समान हो जाए ?

**उत्तर** : नहीं, कभी नहीं। भारत तो भारत ही रहेगा। भारत कैसे जापान अथवा अन्य किसी दूसरे राष्ट्र के समान हो सकता है ! जैसे संगीत में एक मुख्य स्वर होता है और अन्य स्वर उसके अनुगत होते हैं, वैसे ही प्रत्येक जाति का एक-एक मुख्य भाव हुआ करता है और अन्यान्य भाव उसी के अनुगत होते हैं। भारत का मुख्य भाव है—धर्म। समाज-संस्कार कहो अथवा और कुछ, सभी इस देश में गौण है। अतः भारत

जापान के समान नहीं हो सकता। कहावत है कि जब हृदय खुलता है, तब भावस्रोत उमड़ आता है। भारत का हृदय भी खुलेगा, तब अध्यात्म-स्रोत प्रवाहित होने लगेगा। भारत तो भारत ही है। हम जापानियों के समान नहीं हैं। हम हिंदू हैं। भारत का वातावरण ही एक अलौकिक शांति प्रदान करता है। मैं यहाँ अविराम कर्म कर रहा हूँ, पर इसी के बीच मुझे विश्राम भी मिल रहा है। भारत में केवल धर्म-कार्यों के अनुष्ठान से ही शांति मिल सकती है। यहाँ सांसारिक कार्यों में फँसने से अंत में मृत्यु होती है, जैसे मधुमेह रोग से।

**प्रश्न** : अच्छा स्वामीजी, जापान की बात छोड़ दीजिए। आपका अमेरिका का प्रथम अनुभव कैसा रहा?

**उत्तर** : वह आरंभ से अंत तक बहुत अच्छा रहा। मिशनरियों और 'गिरजाघरों की औरतों' को छोड़कर शेष सब अमेरिकावाले बड़े अतिथिपरायण, सुंदर स्वभाववाले और सहृदय हैं।

**प्रश्न** : स्वामीजी, 'गिरजाघरों की औरतों' का क्या मतलब?

**उत्तर** : अमेरिकी स्त्रियाँ जब विवाह करने के लिए व्याकुल हो जाती हैं, तब वे समुद्रों के किनारे स्नान के स्थानों में घूमती रहती हैं। अमेरिका में समुद्रतट के अच्छे स्वास्थ्यप्रद स्थानों में नहाने के लिए अच्छी व्यवस्था रहती है। धनी लोग जलवायु-परिवर्तन के लिए कभी-कभी वहाँ पर आकर ठहरते हैं। इन स्थानों में धनी लोगों के लड़के-लड़कियों को आमोद-प्रमोद करने का मौका मिलता है। बहुतों का तो वहीं पर भावी विवाह निश्चित हो जाता है और वहाँ की लड़कियाँ किसी पुरुष को पकड़ने के लिए जितने कौशल कर सकती हैं, करती हैं। जब सारी चेष्टाएँ विफल हो जाती हैं, तब वे चर्च में शामिल हो जाती हैं। तब उनको वहाँ 'ओल्ड मेड' कहते हैं। उनमें से कुछ तो चर्च की बेहद कट्टर भक्तिन बन जाती

हैं। वे भयंकर मतांध होती हैं। वे पुरोहितों के अधीन रहती हैं, पुरोहितों के साथ मिलकर वे संसार को नरक में परिणत करती हैं और धर्म को खेल-तमाशे की वस्तु बना डालती हैं। इन्हें छोड़ अमेरिकी लोग बहुत अच्छे हैं। मुझ पर उन लोगों का बड़ा प्यार था और मेरा भी उन पर बड़ा प्रेम है। मुझे ऐसा प्रतीत होता था, मानो मैं उन्हीं में से एक हूँ।

**प्रश्न** : आपकी राय में शिकागो की धर्म-महासभा से क्या फल हुआ है?

**उत्तर** : मेरी धारणा है, उस महासभा का उद्‌देश्य था, संसार के सम्मुख सारे अ-ईसाई धर्मों को हीन ठहराना, परंतु फल विपरीत ही हो गया। अ-ईसाई धर्म ही प्रधान और ईसाई धर्म हीन ठहर गया। इसलिए ईसाइयों की दृष्टि में उस सभा का उद्‌देश्य असफल रहा। अभी फिर से पेरिस में और एक धर्म-महासभा बुलाने की बात चल रही है, परंतु रोमन कैथलिक लोग, जो शिकागो धर्म-महासभा के संचालक थे, अब कोशिश में लगे हुए हैं कि पेरिस में वह धर्म-महासभा न हो सके, पर शिकागो सभा भारत और भारतीय विचारधारा के लिए बड़ी यशस्वी साबित हुई। इससे विश्व को वेदांत के सिद्धांतों द्वारा आप्लावित करने में सहायता मिली। अब सारी दुनिया वेदांत की धारा में बह रही है। निश्चय ही शिकागो-सभा के इस परिणाम से अमेरिकावासी बड़े प्रसन्न हैं। हाँ, कट्टर पुरोहितों और 'गिरजाघर की औरतों' को छोड़कर।

**प्रश्न** : स्वामीजी, इंग्लैंड में आपके प्रचार-कार्य की सफलता कैसी मालूम हो रही है?

**उत्तर** : बहुत आशापूर्ण है। कुछ वर्षों में ही अधिकांश अंग्रेज वेदांती हो जाएँगे। अमेरिका की अपेक्षा इंग्लैंड का मुझे अधिक भरोसा है। अमेरिकावालों को तो देख ही रहे हो, वे सभी

विषयों में एक हो-हल्ला मचाते हैं, यह उनका स्वभाव है, लेकिन अंग्रेज हो-हल्ला नहीं मचाते। वेदांत को बिना समझे ईसाई अपने न्यू टेस्टामेंट को भी नहीं समझ सकते। वेदांत ही संसार के सारे धर्मों की युक्ति-संगत व्याख्या है। वेदांत को छोड़ देने पर सभी धर्म कुसंस्कार मात्र हैं और वेदांत को ग्रहण करने से सब ही धर्म हो जाता है।

**प्रश्न** : आपने अंग्रेजों के चरित्र में कौन सा विशेष गुण पाया?

**उत्तर** : किसी विषय में विश्वास होते ही अंग्रेज तत्काल उसे काम में लाने का प्रयत्न करते हैं। उनकी कार्यशक्ति असाधारण है। अंग्रेज पुरुष या स्त्री की अपेक्षा उन्नत नर-नारी संसार में अन्यत्र नहीं दिखते, इसीलिए उन पर मेरा इतना विश्वास है। हाँ, पहले उनके मस्तिष्क में कुछ प्रविष्ट कराना कठिन अवश्य है। बहुत प्रयत्न करने के बाद, लगातार उसमें लगे रहने से तब कहीं उनके मस्तिष्क में कोई भाव घुसता है, पर एक बार घुस गया, तो फिर वह आसानी से नहीं निकलता। इंग्लैंड में किसी भी मिशनरी अथवा अन्य किसी भी व्यक्ति ने मेरे विरुद्ध कुछ नहीं कहा, किसी ने भी मेरी किसी प्रकार निंदा करने की कोशिश नहीं की। मुझे यह देख बड़ा आश्चर्य हुआ कि वहाँ के मेरे अधिकांश मित्र चर्च ऑफ इंग्लैंड के सदस्य हैं। वे इंग्लैंड के अति निम्न श्रेणी के हैं। कोई भी शिष्ट अंग्रेज उनके साथ संपर्क नहीं रखता। यहाँ (भारत) की तरह इंग्लैंड में भी जाति-विभाग अत्यंत कड़ा है और चर्च ऑफ इंग्लैंड के अंतर्भुक्त सारे अंग्रेज शिष्ट श्रेणी के होते हैं। भले ही आपका उनके साथ मतभेद हो, पर इससे आपके साथ उनकी मित्रता में कोई बाधा उपस्थित नहीं होती। इसलिए मैं अपने स्वदेशवासियों को यह सलाह देना चाहता हूँ कि अब, जब मैंने मिशनरियों का स्वरूप जान लिया है, तो बेहतर

यही है कि इन गाली-गलौज करनेवाले मिशनरियों की ओर तनिक भी ध्यान नहीं देना चाहिए। आखिर हमीं ने तो उनको सिर पर चढ़ाया है। अब उनकी पूरी उपेक्षा ही करनी चाहिए।

**प्रश्न** : स्वामीजी, आप कृपा करके अमेरिका और इंग्लैंड के समाज-सुधारकों की कार्यप्रणाली के विषय में कुछ बताएँगे?

**उत्तर** : सारे समाज-सुधारक, कम-से-कम उनके नेता लोग तो अब अपने साम्यवाद आदि की कोई धर्म-भित्ति निकालने की चेष्टा कर रहे हैं और वह धर्म-भित्ति वेदांत में ही पाई जाती है। उनके अनेक नेताओं ने, जो मेरी वक्तृता सुनने आया करते थे, मुझसे कहा है कि नए ढंग से समाज का गठन करने के लिए वेदांत को ही भित्ति बनाना होगा।

**प्रश्न** : भारत की सर्वसाधारण जनता के संबंध में आपकी क्या राय है?

**उत्तर** : हम बहुत ही गरीब हैं। हमारी सर्वसाधारण जनता लौकिक विद्या से बड़ी अनजान है, परंतु वे लोग बड़े अच्छे हैं; क्योंकि यहाँ गरीबी अपराध नहीं मानी गई है। ये लोग कभी दुर्दमनीय नहीं होते। अमेरिका और इंग्लैंड में मेरी पोशाक से चिढ़कर लोगों ने कई बार मुझे घेर लिया था, परंतु भारत में किसी की वेशभूषा से उत्तेजित होकर लोग उसे मारने के लिए दौड़े हों, ऐसी बात तो मैंने कभी नहीं सुनी। अन्यान्य बातों में भी हमारी जनता यूरोप की जनता से कई गुनी सभ्य है।

**प्रश्न** : भारतीय जनसाधारण की उन्नति के लिए आपके मत में क्या करना उत्तम है?

**उत्तर** : उनको लौकिक विद्या सिखानी होगी। हमारे पूर्वज जो प्रणाली दिखा गए हैं, उसी का अनुसरण करना होगा, अर्थात् उच्च-उच्च आदर्शों को धीरे-धीरे जनता में प्रवेश कराना होगा। धीरे-धीरे उनको उठाओ, धीरे-धीरे उनको समता के धरातल

पर ले आओ। लौकिक विद्या को भी धर्म के माध्यम से सिखाना होगा।

**प्रश्न** : परंतु स्वामीजी, आप क्या ऐसा समझते हैं कि यह काम सहज होगा ?

**उत्तर** : नहीं, इस काम को धीरे-धीरे करना होगा, परंतु यदि मुझे स्वार्थत्यागी युवकों का एक अच्छा दल मिल जाए, जो मेरे साथ काम करने को तैयार हो, तो यह काम कल ही सिद्ध हो सकता है। इसके लिए उत्साह और स्वार्थ-त्याग की मात्रा पर ही कार्य-सिद्धि की शीघ्रता अथवा विलंब निर्भर है।

**प्रश्न** : परंतु यदि उनकी वर्तमान हीन दशा का कारण उनके पिछले कर्म माने जाएँ, तो स्वामीजी, आप कैसे समझते हैं कि अनायास ही उनका निवारण हो जाएगा और उनकी सहायता भी आप किस प्रकार करेंगे ?

**उत्तर** : कर्मवाद ही मनुष्य की स्वतंत्रता की शाश्वत घोषणा है। यदि यह सत्य हो कि हम अपने कर्म द्वारा अपने को हीन दशा में ला सकते हैं, तो कर्म द्वारा अपनी अवस्था को उन्नत बनाना भी अवश्य हमारे अधीन है। फिर जनता केवल अपने कर्मों द्वारा इस हीन दशा को प्राप्त हुई हो, ऐसा नहीं है। अतः उनकी उन्नति के लिए उनको और भी सुविधा देनी चाहिए। मैं सभी जातियों को बराबर करने को नहीं कहता। जाति-विभाग तो अति उत्तम व्यवस्था है। हम इस जाति-विभाग प्रणाली का ही अनुसरण करना चाहते हैं, पर यह जाति-विभाग वास्तव में क्या है, इस बात का पता शायद लाखों में एकाध को भी न हो। संसार में ऐसा कोई भी देश नहीं है, जहाँ जाति न हो। भारत में हम जाति-विभाग में से होकर उससे अतीत भूमि में जाया करते हैं। जाति-विभाग इसी मूल तत्त्व पर प्रतिष्ठित है। भारत में इस जाति-विभाग-प्रणाली का

उद्देश्य है—सबको ब्राह्मण बनाना, ब्राह्मण ही मानव-जाति का आदर्श है। यदि भारत का इतिहास पढ़ो, तो देखोगे, यहाँ चिरकाल से निम्न जाति को उन्नत करने के प्रयत्न होते रहे हैं। अनेक जातियों को उन्नत किया भी गया है और भी बहुत सी भविष्य में होंगी, यहाँ तक कि अंत में सभी ब्राह्मण हो जाएँगे।

यही हमारी कार्यप्रणाली है। किसी को नीचे नहीं लाना है, वरन् सबको ऊपर उठाना है और यह काम विशेषकर ब्राह्मणों को ही करना होगा, क्योंकि प्रत्येक सामंतशाही अथवा विशेष अधिकार-प्राप्त वर्ग का यह कर्तव्य है कि वह स्वयं अपनी कब्र खोद ले और जितना शीघ्र वह ऐसा करे, उतना ही सबके लिए अच्छा है। इसमें बिल्कुल देरी नहीं करनी चाहिए। यूरोप या अमेरिका के जाति-विभाग से भारत का जाति-विभाग कई गुना अच्छा है; पर हाँ, मैं यह नहीं कहना चाहता हूँ कि भारतीय जाति-विभाग संपूर्ण अच्छा है। यदि यहाँ जाति-विभाग न होता, तो तुम कहाँ होते, जाति-विभाग के न होने से तुम्हारी विद्या या अन्यान्य गुण आदि कहाँ होते? जाति-विभाग न होता, तो यूरोप निवासियों के पढ़ने के लिए ये शास्त्र आदि फिर कहाँ रहते? मुसलमानों ने तो इन सबका ध्वंस कर डाला होता। भारतीय समाज क्या कभी भी स्थितिशील रहा? वह तो सदा गतिशील है। कभी-कभी, जैसे विदेशियों की चढ़ाई के समय यह गति मंद रही है और दूसरे समय वह फिर वेगवती हो गई है। मैं अपने देशवासियों से यही कहता हूँ। मैं उनको गाली नहीं देता, उनकी निंदा नहीं करता। मैं उनके अतीत की ओर देखता हूँ और मुझे दिख पड़ता है कि जिन परिस्थितियों में से होकर उनको आना पड़ा, उन परिस्थितियों में अन्य कोई भी जाति

उनकी अपेक्षा महान् कार्य नहीं कर सकती थी। मैं उनसे कहता हूँ कि तुमने अतीत में बहुत अच्छा कार्य किया है, अब उससे और भी उत्तम कार्य करने का प्रयत्न करो।

**प्रश्न** : स्वामीजी, जाति-विभाग के साथ कर्मकांड के संबंध पर आपका क्या मत है ?

**उत्तर** : जाति-विभाग-प्रणाली निरंतर बदल रही है और क्रियाकांड भी साथ-ही-साथ निरंतर बदल रहा है। केवल मूल तत्त्व में कोई परिवर्तन नहीं होता। हमारा धर्म क्या है ? यह जानना हो, तो वेदों को पढ़ना होगा। वेदों को छोड़कर अन्य सारे शास्त्र युग के साथ बदलते रहते हैं। वेदों का अनुशासन चिरकाल के लिए है। अन्य शास्त्रों का प्रमाण कुछ निर्दिष्ट समय के लिए ही रहता है। जैसे एक स्मृति एक युग के लिए और दूसरी दूसरे युग के लिए। बड़े-बड़े महापुरुष, अवतार आदि सदैव आते रहते हैं और उस-उस युग के लिए कर्तव्य का निर्देश कर जाते हैं। कुछ महापुरुष निम्न जाति की उन्नति के लिए प्रयत्न कर गए हैं। माधवाचार्य जैसे कोई-कोई महापुरुष स्त्रियों को वेद पढ़ने का अधिकार दे गए हैं। जाति-विभाग कभी मिट नहीं सकता, पर हाँ, उसको बीच-बीच में नए ढाँचे में ढाल लेना होगा। हमारी प्राचीन समाज-पद्धति के भीतर ऐसी जीवनी-शक्ति विद्यमान है, जिससे हजारों प्रकार की नई प्रणालियाँ गठित हो सकती हैं। जाति-विभाग को मिटाने की इच्छा कोरा पागलपन है। पुरातन का ही नया रूप या विकास, यही नूतन कार्यप्रणाली है।

**प्रश्न** : क्या हिंदुओं के लिए समाज-सुधार की कोई आवश्यकता नहीं है ?

**उत्तर** : अवश्य है। प्राचीन काल में बड़े-बड़े महापुरुष समाज की

उन्नति के लिए नई-नई पद्धतियों का आविष्कार करते थे और राजा लोग विधान बनाकर उनको प्रचलित कर देते थे। प्राचीन काल में इसी भाँति भारतीय समाज की उन्नति करने के लिए एक ऐसी शक्ति की आवश्यकता है, जिसके परामर्श को सब कोई मान्यता दें। अब हिंदू राजा नहीं रहे, अब तो लोगों को स्वयं ही अपने सुधार, अपनी उन्नति आदि की चेष्टा करनी होगी। अत: हमें तब तक ठहरना होगा, जब तक लोग शिक्षित होकर अपनी आवश्यकताओं को समझने नहीं लगते और अपनी समस्याओं को आप ही हल करने के लिए तैयार व समर्थ नहीं हो जाते। इससे अधिक दु:ख की बात और नहीं हो सकती कि किसी सुधार के समय सुधार के पक्ष में बहुत थोड़े ही लोग मिलते हैं। इसलिए कुछ काल्पनिक सुधारों में, जो कभी कार्य में परिणत न होंगे, व्यर्थ ही शक्ति का क्षय न कर, हमें चाहिए कि हम एकदम जड़ से ही प्रतिकार का प्रयत्न करें, एक ऐसे समाज की सृष्टि करें, जो अपने विधान अपने आप ही बना ले। मतलब यह है कि इसके लिए लोगों को शिक्षा देनी होगी, इससे वे स्वयं ही अपनी समस्याओं को हल कर लेंगे, अन्यथा ये सारे सुधार आकाश-कुसुम ही रह जाएँगे। आप ही अपनी उन्नति करना, यही नई प्रणाली है। इसे कार्य में लाने में देर लगेगी, विशेषकर भारतवर्ष में, क्योंकि प्राचीन काल में यहाँ बराबर ही राजाओं का शासन होता रहा।

**प्रश्न** : क्या आप समझते हैं कि हिंदू-समाज यूरोप के समाज की रीति-नीति अपनाकर कृतकृत्य हो सकता है?

**उत्तर** : नहीं, पूरी तरह नहीं। मैं तो यह कहता हूँ कि यूनान की विचारधारा यूरोपीय जातियों की बहिर्मुखी शक्ति में प्रकट हो रही है, उसके साथ हिंदू धर्म का योग होने पर वह भारत के

लिए एक आदर्श समाज होगा। उदाहरण के लिए देखिए, वृथा शक्ति क्षय न कर और कुछ काल्पनिक व्यर्थ विषयों पर दिन-रात बकवास न कर अंग्रेजों से यह शिक्षा लेनी चाहिए कि आज्ञा पाते ही तत्काल नेता का आदेश किस तरह पालन किया जाए। किस तरह ईर्ष्याहीनता, अदम्य अध्यवसाय और अनंत आत्मविश्वास अपने में लाया जाए। एक अंग्रेज यदि किसी को अपना नेता स्वीकार कर लेता है, तो फिर सभी अवस्थाओं में वह उसके आज्ञाधीन रहता है। यहाँ भारत में सब नेता बनना चाहते हैं, आज्ञा पालन करनेवाला कोई नहीं है। आदेश देने के पहले प्रत्येक को चाहिए कि वह आदेश का पालन करना सीखे। हमारी ईर्ष्या का अंत नहीं है और जो जितना ही हीनशक्ति होता है, वह उतना ही ईर्ष्यापरायण होता है। जब तक हम हिंदू इस ईर्ष्या-द्वेष का त्याग नहीं करेंगे, जब तक आज्ञा पालन की शिक्षा नहीं लेंगे, तब तक हममें संगठन की शक्ति नहीं आ सकती। तब तक हम ऐसे ही बिखरे हुए रहेंगे और कुछ भी न कर सकेंगे। भारत को यूरोप से बाह्य प्रकृति पर जय पाने की शिक्षा लेनी है। ऐसा होने पर फिर हिंदू-यूरोपियन का कुछ भेदभाव न रहेगा, उभय-प्रकृतिजयी एक आदर्श मनुष्य-समाज का निर्माण होगा। हम मनुष्यत्व के एक पहलू का और वे लोग दूसरे पहलू का विकास कर रहे हैं। आवश्यकता है, इन दोनों के मिलन की। मुक्ति, जो कि हमारे धर्म का मूलमंत्र है, उसका यथार्थ अर्थ ही है—भौतिक, मानसिक और आध्यात्मिक स्वाधीनता।

**प्रश्न** : स्वामीजी, धर्म के साथ क्रियाकांड का क्या संबंध है?

**उत्तर** : क्रियाकांड धर्म का प्राथमिक विद्यालय या शिशु-शाला है। संसार की वर्तमान दशा में उसकी नितांत आवश्यकता है, परंतु लोगों को नए-नए अनुष्ठान देने होंगे। इस कार्य की

जिम्मेदारी कुछ चिंतनशील व्यक्तियों को लेनी चाहिए। पुराने क्रियाकांडों को बदलकर नयों का प्रवर्तन करना होगा।

**प्रश्न** : देखता हूँ, तब तो आप क्रियाकांड को बिल्कुल ही हटा देना चाहते हैं?

**उत्तर** : नहीं, मेरा मूलमंत्र गठन है, विनाश नहीं। वर्तमान क्रियाकांडों से नए क्रियाकांडों की रचना करनी होगी। यह मेरा दृढ विश्वास है कि सभी विषयों में उन्नति की अनंत शक्ति है। एक परमाणु के पीछे समग्र विश्व की शक्ति है। हिंदू-जाति के इतिहास में आज तक विनाश की चेष्टा कभी नहीं हुई, सदैव गठन के ही प्रयत्न होते रहे। यहाँ केवल एक ही संप्रदाय ने विनाश की चेष्टा की थी, जिसका परिणाम यह हुआ कि वह भारत से निकाल दिया गया, वह था—बौद्ध-संप्रदाय। हमारे यहाँ शंकर, रामानुज, चैतन्य आदि अनेक सुधारक हुए हैं; वे सभी उच्च कोटि के सुधारक थे। उन्होंने सर्वदा गठन का ही कार्य किया और देश व काल के अनुसार समाज की रचना की। यही हमारी कार्यप्रणाली की सनातन विशेषता है। हमारे आधुनिक सुधारक यूरोप के ध्वंसात्मक सुधार का अनुकरण करना चाहते हैं। इससे न कभी कुछ लाभ हुआ और न होगा। आधुनिक समाज-सुधारकों में एकमात्र राजा राममोहन राय ही रचनात्मक सुधार करनेवालों में से थे। हिंदू-जाति सदा से वेदांत के आदर्श को कार्य में परिणत करने की कोशिश करती आई है। बुरी या अच्छी, सभी अवस्थाओं में वेदांत के इस आदर्श को कार्यरूप में परिणत करने की प्राणपण से चेष्टा ही भारत-जीवन का समग्र इतिहास है। जब कभी किसी ऐसे सुधारक संप्रदाय या धर्म का उत्थान हुआ, जो वेदांत के आदर्श को मानने को तैयार न था, तो उसका तत्काल ही नाश हो गया।

**प्रश्न** : आपकी भारत के लिए कार्यप्रणाली कैसी है ?

**उत्तर** : मैं अपने संकल्प को कार्य में परिणत करने के लिए दो शिक्षा-केंद्र स्थापित करना चाहता हूँ। उनमें से एक होगा मद्रास में और दूसरा कलकत्ता में। यदि मेरे संकल्प के विषय में पूछो, तो उसका संक्षेप में यह उत्तर है—वेदांत के आदर्श को प्रत्येक व्यक्ति के जीवन में परिणत करने का प्रयत्न, चाहे वह व्यक्ति साधु असाधु, ज्ञानी हो या अज्ञानी, ब्राह्मण हो अथवा चांडाल।

अब पत्र प्रतिनिधि ने भारत की राजनीतिक समस्या के बारे में कुछ प्रश्न किए, परंतु उनके उत्तर मिलने के पहले ही गाड़ी मद्रास के एगमोर स्टेशन के प्लेटफॉर्म पर आ पहुँची। स्वामीजी के श्रीमुख से इतना ही सुनने को मिला कि वे भारत और इंग्लैंड की समस्याओं को राजनीति के साथ मिलाने के घोर विरोधी हैं।

इसके पश्चात् पत्र-प्रतिनिधि ने विदा ली।

□

# पाश्चात्य देश में हिंदू संन्यासी

पिछले कई सप्ताहों से मद्रास की हिंदू जनता परम उत्सुकता के साथ जगत् विख्यात हिंदू यतिश्रेष्ठ स्वामी विवेकानंद के आगमन की प्रतीक्षा कर रही है। सभी के अधरों पर उन्हीं का नाम खेल रहा है। मद्रास के स्कूल, कॉलेज, हाईकोर्ट, समुद्र-तट, रास्ते-गलियाँ, बाजार आदि स्थानों में सैकड़ों जिज्ञासु परस्पर पूछ रहे हैं, "स्वामीजी कब पधार रहे हैं?" विश्वविद्यालय की परीक्षा देने के लिए हजारों विद्यार्थी देहातों से यहाँ आए हुए हैं। परीक्षा के बाद घर लौट आने के लिए माता-पिता का आग्रह होते हुए भी स्वामीजी के दर्शन के लिए वे अभी तक यहीं रुके हुए हैं और होस्टल का खर्च बढ़ा रहे हैं। थोड़े ही दिनों में स्वामीजी हमारे बीच आ पहुँचेंगे। मद्रास प्रेजीडेंसी के बाहर स्वामीजी की जैसी अभ्यर्थना हुई है, कैसल कर्नन में, जहाँ ये ठहराए जाएँगे, हिंदू जनता के व्यय से जो सब तोरण और बंदनवार सजाए जा रहे हैं तथा नगर के माननीय न्यायमूर्ति सुब्रमण्यम अय्यर जैसे प्रतिष्ठित हिंदू सज्जन इस कार्य में जैसी दिलचस्पी ले रहे हैं, यह सब देखकर तो इसमें संदेह नहीं होता कि स्वामीजी का यहाँ बड़ा भव्य स्वागत होगा।

मद्रास ने ही स्वामीजी की उच्च प्रतिभा को सबसे पहले पहचानकर शिकागो-धर्मसभा में भाग लेने के लिए उनकी सारी व्यवस्था की थी। वही मद्रास, अब फिर से उन महापुरुष का, जिन्होंने अपनी मातृभूमि के गौरव की वृद्धि के लिए इतना किया, स्वागत करने का अवसर और गौरव प्राप्त करेगा। निस्संदेह स्वामीजी एक महापुरुष हैं। चार वर्ष पहले जब वे यहाँ पधारे थे, उस

समय वास्तव में वे एक अज्ञात व्यक्ति थे। सेंट थोमे में एक अपरिचित बँगले में वे लगभग दो मास रहे और उस बीच जो-जो उनके पास जाते, उनके साथ वे धर्मविषयक वार्त्तालाप करते और उन्हें शिक्षा प्रदान करते। उनसे प्रभावित होकर कुछ शिक्षित बुद्धिमान युवक उन्हीं दिनों कहा करते थे कि इनके भीतर कुछ ऐसी अलौकिक शक्ति है, जो अवश्य इन्हें असाधारण श्रेष्ठ पद पर आरूढ़ करेगी तथा विश्व-नेतृत्व प्राप्त करने की योग्यता प्रदान करेगी। लोग उस समय इन युवकों को 'गुमराह अनुरागी', 'ख्वाबी सुधारक' कहकर इनसे घृणा करते थे। वे ही नवयुवक आज 'अपने स्वामीजी' को (वे स्वामीजी को इसी तरह पुकारना पसंद करते हैं) यूरोप तथा अमेरिका से इतनी ख्याति प्राप्त करके लौटे हुए देखकर परम संतोष का अनुभव कर रहे हैं।

स्वामीजी के प्रचार का विषय मुख्यतः आध्यात्मिकता है। उनका दृढ विश्वास है कि आध्यात्मिकता की जननी, इस भारतभूमि का भविष्य परम उज्ज्वल है। उनकी यह दृढ धारणा है कि वे वेदांत के निज उदात्त सत्यों का प्रतिपादन करते हैं, उनका दिनोदिन पाश्चात्य देशों में अधिकाधिक प्रसार होगा तथा उनके प्रति लोगों की श्रद्धा बढ़ेगी। उनका मूलमंत्र है, 'सहायता, न कि विरोध', 'दूसरे के भावों को आत्मसात् करना, न कि विनाश', 'समन्वय और शांति, न कि कलह'। दूसरे धर्मावलंबियों का स्वामीजी से चाहे जो भी मतभेद रहे, पर ऐसा कोई बिरला ही होगा, जो इस बात को स्वीकार न करे कि स्वामीजी ने पाश्चात्य देशों को हिंदू-धर्म की श्रेष्ठता दिखाकर उनकी आँखें खोल दी हैं। इस प्रकार उन्होंने अपने देश की अद्वितीय सेवा की है। चिरकाल तक लोग इस बात को स्मरण रखेंगे कि वे ही सर्वप्रथम हिंदू-संन्यासी थे, जिन्होंने समुद्र-पार जाने का साहस किया और पाश्चात्य देशों को वह संदेश सुनाया, जिसे वे धर्म-समन्वय का संदेश मानते हैं।

'मद्रास टाइम्स' पत्र के एक प्रतिनिधि ने स्वामीजी विवेकानंद से अमेरिका में उनके धर्मप्रचार-कार्य की सफलता के संबंध में जानकारी प्राप्त करने के लिए भेंट की। स्वामी विवेकानंद ने प्रतिनिधि का बड़ी सज्जनता से स्वागत किया और उन्हें अपने पास की एक कुरसी पर स्थान ग्रहण करने

के लिए कहा। स्वामीजी विवेकानंद गेरुआ वस्त्र धारण किए हुए थे; उनकी आकृति धीर, स्थिर, शांत और महिमाव्यंजक थी। उन्हें देखने से ऐसा प्रतीत हुआ, मानो वे किसी भी प्रश्न का उत्तर देने को प्रस्तुत हैं।

प्रतिनिधि ने स्वामीजी से पूछा, "स्वामीजी, क्या मैं आपके बाल्य-जीवन के संबंध में कुछ जान सकता हूँ?"

स्वामीजी बोले, "कलकत्ता में जब मैं विद्यालय में अध्ययन करता था, तभी से मेरी प्रकृति धर्मप्रवण थी। उस समय से ही मेरा स्वभाव था कि सभी विषयों की परीक्षा करके फिर उन्हें ग्रहण करना, केवल शब्दों से मैं कभी तृप्त नहीं होता था। इसके थोड़े दिन बाद ही श्रीरामकृष्णदेव के साथ मेरी भेंट हुई। उनके आश्रय में मैं दीर्घ काल तक रहा और उनसे धर्मतत्त्व की शिक्षा प्राप्त की। अपने गुरुदेव के देह-त्याग के बाद मैं भारत-परिभ्रमण के लिए निकला और कलकत्ता में एक छोटा सा मठ स्थापित किया गया। भ्रमण करते हुए मैं मद्रास आया और मैसूर के स्वर्गीय राजा तथा रामनद के राजा से मुझे सहायता प्राप्त हुई।"

**प्रश्न** : आप पाश्चात्य देशों में हिंदू-धर्म का प्रचार करने क्यों गए थे?

**उत्तर** : मुझे पाश्चात्य देशों के विषय में जानकारी प्राप्त करने की इच्छा हुई थी। मेरे मत से, हमारे राष्ट्र की अवनति का मूल कारण है—दूसरे राष्ट्रों से मेल-जोल न रखना। यही हमारी अवनति का मुख्य कारण है। पाश्चात्य देशों के साथ परस्पर भाव-विनिमय करने का अवसर हमें कभी नहीं मिला। हम चिरकाल से कूप-मंडूक बने हुए हैं।

**प्रश्न** : आपने पाश्चात्य देश के बहुत से स्थानों में भ्रमण किया होगा?

**उत्तर** : मैंने यूरोप के बहुत से स्थानों में भ्रमण किया है। मैं जर्मनी और फ्रांस भी गया था, पर मेरा कर्मक्षेत्र मुख्यतः इंग्लैंड और अमेरिका ही रहा। पहले तो मैं कुछ कठिनाई में पड़ गया था,

क्योंकि भारतवर्ष से जो लोग वहाँ गए थे, प्राय: उन सभी ने भारतीयों के विरुद्ध पक्ष का अवलंबन किया था, पर यह मेरा चिरंतन विश्वास है कि भारतवासी सारे संसार में सबसे अधिक नीतिपरायण और धार्मिक हैं, इसलिए हिंदू के साथ इस विषय में अन्य किसी की तुलना करना बिल्कुल भूल है। सर्वसाधारण के सामने जब मैं हिंदू-जाति के श्रेष्ठत्व का प्रचार करने लगा, तो पहले-पहल बहुत से लोगों ने मेरी भयंकर निंदा करनी शुरू कर दी, यहाँ तक कि वे मेरे विरुद्ध नाना प्रकार की अफवाहें फैलाने में भी नहीं हिचकिचाए। वे कहा करते थे कि वह (स्वामी विवेकानंद) तो एक पाखंडी है, धूर्त है। उसके बहुत सी स्त्रियाँ हैं और बाल-बच्चे तो ढेर-के-ढेर हैं, पर इन धर्म-प्रचारकों (मिशनरियों) के संबंध में मेरी अभिज्ञता जितनी अधिक होती गई, उतनी ही मेरी आँखें इस संबंध में खुल गईं कि धर्म के नाम पर कहाँ तक अधर्म हो सकता है। इंग्लैंड में इस प्रकार मिशनरियों का उपद्रव बिल्कुल नहीं था। वहाँ के मिशनरियों में से कोई मेरे साथ लड़ने नहीं आया। मिस्टर लुंड नामक एक पादरी पीठ पीछे मेरी निंदा करने अमेरिका गया था, पर उसकी बातों पर किसी ने कान न दिया। मैं अमेरिका में लोगों का बड़ा ही प्रियपात्र हो गया था। जब मैं इंग्लैंड वापस आया, तो मैंने सोचा कि यह मिशनरी मेरे विरुद्ध कुछ प्रचार करेगा; परंतु 'ट्रुथ' नामक संवादपत्र ने उसका मुँह बंद कर दिया। इंग्लैंड की सामाजिक प्रणाली भारत के जाति-विभाग से भी अधिक कठोर है। चर्च ऑफ इंग्लैंड के सभी प्रचारक खानदानी लोग हैं; पर मिशनरियों में से अधिकांश वैसे नहीं हैं। चर्च ऑफ इंग्लैंड वालों ने मेरे साथ बहुत ही सहानुभूति प्रकट की। चर्च ऑफ इंग्लैंड के लगभग तीस प्रचारक धर्म-विषयक सभी

प्रकार के विवादास्पद जटिल विषयों में मेरे साथ संपूर्ण रूप से एकमत हैं। यद्यपि इंग्लैंड के मिशनरी या पादरी लोग उन विषयों में मेरे साथ मतभेद रखते थे, फिर भी उन्होंने पीठ पीछे मेरी निंदा नहीं की। इससे मुझे आनंद भी हुआ और विस्मय भी। जाति-विभाग और वंश-परंपरागत शिक्षा का यही गुण है।

**प्रश्न** : पाश्चात्य देशों में धर्म-प्रचार का कार्य कहाँ तक सफल रहा?

**उत्तर** : अमेरिका के बहुत से लोगों ने मेरे प्रति सहानुभूति प्रकट की, वे संख्या में इंग्लैंड से बहुत अधिक थे। निम्न जातीय मिशनरियों के आक्षेपों ने वहाँ मेरे कार्य में सहायता ही पहुँचाई। जब मैं अमेरिका पहुँचा, उस समय मेरे पास कोई विशेष स्रोत नहीं था। भारतवासियों ने मुझे मार्ग-व्यय मात्र दिया था। वह कुछ ही दिनों में खर्च हो गया, इसलिए यहाँ (भारत) की भाँति वहाँ (अमेरिका में) भी साधारण जनता की दया पर निर्भर रहना पड़ा। अमेरिकावासी बड़े अतिथि-परायण हैं। अमेरिका के एक-तिहाई लोग ईसाई हैं। शेष लोगों का कोई धर्म नहीं है, अर्थात् वे किसी विशेष संप्रदाय में शामिल नहीं हैं; परंतु उन्हीं में विशेष धार्मिक लोग देखने में आते हैं। मेरी समझ में इंग्लैंड में, जो कुछ कार्य हुआ है, वह पक्का है। यदि मैं कल मर जाऊँ और कार्य चलाने के लिए वहाँ किसी संन्यासी को न भेज सकूँ, तो भी वहाँ कार्य चलता रहेगा। अंग्रेज बड़ा भला आदमी होता है, उसे बाल्यकाल से ही अपने समस्त भावों को दबाए रखने की शिक्षा दी जाती है। वह कुछ मोटी बुद्धिवाला होता है, फ्रांसीसी या अमेरिकी के समान वह चट से किसी विषय को नहीं समझ सकता, पर वह बड़ा दृढकर्मी होता है। अमेरिकी जाति की आयु अभी

इतनी अधिक नहीं हुई है, जिससे कि वह त्याग की महिमा समझ सके।

इंग्लैंड युगों से विलासिता और ऐश्वर्य का भोग कर रहा है, इसलिए वहाँ अब अनेक लोग त्याग के लिए प्रस्तुत हैं। जब मैं पहली बार इंग्लैंड गया और वहाँ वक्तृता देना प्रारंभ किया, तो मेरी कक्षा में केवल पच्चीस-तीस विद्यार्थी आते थे। जब मैं वहाँ से अमेरिका चला गया, तब भी वहाँ वैसी ही क्लास चलती रही। बाद में अमेरिका से पुनः जब मैं इंग्लैंड आया, तब एक-एक हजार श्रोतागण उपस्थित रहते थे। अमेरिका में उससे भी अधिक श्रोता उपस्थित रहते थे, क्योंकि मैं अमेरिका में तीन वर्ष रहा और इंग्लैंड में बस एक ही वर्ष। इंग्लैंड में एक संन्यासी को रख आया हूँ और वैसे ही अमेरिका में भी। दूसरे देशों में भी इसी प्रकार प्रचार-कार्य के लिए संन्यासी भेजने की मेरी इच्छा है।

अंग्रेज लोग बड़े दृढकर्मी हैं। यदि उनमें किसी भाव का प्रवेश करा दिया जाए, अर्थात् यदि वे उस भाव को वास्तव में अपना लें, तो निश्चित जानें, वह व्यर्थ न जाएगा। हमारे देश के लोगों ने अब वेदों को तिलांजलि दे दी है; उनका सारा धर्म और दर्शन अब रसोईघर में घुस आया है। 'छुआछूत-वाद' ही भारत का वर्तमान धर्म है, इस धर्म को अंग्रेज कभी भी नहीं लेंगे, पर हमारे पूर्वपुरुषों के उदात्त विचारों को दार्शनिक तथा आध्यात्मिक जगत् में उनके द्वारा आविष्कृत अपूर्व तत्त्वों को संसार की प्रत्येक जाति आदरपूर्वक ग्रहण करेगी।

चर्च ऑफ इंग्लैंड के बड़े-बड़े नेता लोग भी कहते थे कि आपकी चेष्टा से हमारी बाइबिल के भीतर वेदांत के भाव प्रविष्ट हो गए हैं। आधुनिक हिंदू धर्म हमारे प्राचीन धर्म का

एक अवनत रूप मात्र है। पाश्चात्य देशों में आजकल जो सब दार्शनिक ग्रंथ लिखे जा रहे हैं, उनमें ऐसा एक भी न होगा, जिसमें हमारे वेदांत-धर्म का कुछ-न-कुछ प्रसंग न हो। हर्बर्ट स्पेंसर के ग्रंथ तक में भी ऐसा ही है। अब तो दर्शन के राज्य में अद्वैतवाद का ही प्रभुत्व है। सभी अब उसी की बातें करते हैं, परंतु यूरोप के लोग उसमें भी अपनी मौलिकता दिखाना चाहते हैं। इधर हिंदुओं के प्रति वे अत्यंत घृणा प्रदर्शित करते हैं और उधर हिंदुओं द्वारा प्रचारित सत्यों को ग्रहण करना भी नहीं छोड़ते। प्रोफेसर मैक्समूलर तो पूर्ण वेदांती हैं। उन्होंने वेदांत के लिए बहुत कुछ किया है। वे पुनर्जन्मवाद में विश्वास करते हैं।

**प्रश्न** : भारत के पुनरुद्धार के लिए आप क्या करना चाहते हैं?

**उत्तर** : मेरी समझ में देश के जनसाधारण की अवहेलना करना ही हमारा महान् राष्ट्रीय पाप है और वह हमारी अवनति का एक कारण है। जब तक भारत की साधारण जनता उत्तम रूप से शिक्षित नहीं हो जाती, जब तक उसे खाने-पीने को अच्छी तरह नहीं मिलता, जब तक उसकी अच्छी तरह देखभाल नहीं होती, तब तक कितना ही राजनीतिक आंदोलन क्यों न हो, उससे कुछ फल न होगा। ये बेचारे गरीब हमारी शिक्षा के लिए (राज-कर के रूप में) पैसा देते हैं, हमारी धार्मिक सिद्धि के लिए (अपने शारीरिक) परिश्रम से बड़े-बड़े मंदिर खड़े करते हैं, पर इसके बदले उनको चिरकाल ठोकरों के सिवाय और क्या मिला है? वास्तव में, वे हमारे गुलाम ही बन गए हैं। यदि हम भारत का पुनरुद्धार चाहते हैं, तो हमें अवश्य ही उनके लिए कार्य करना होगा। युवकों को धर्म-प्रचारक के रूप में शिक्षित करने के लिए मैं पहले दो केंद्रीय शिक्षालय, अर्थात् 'मठ' स्थापित करना चाहता हूँ। उनमें से

एक तो मद्रास में होगा और दूसरा कलकत्ता में। कलकत्ता का मठ स्थापित करने के लिए आवश्यक धन प्राप्त हो गया है। मेरे उद्‌देश्य को सफल करने के लिए अंग्रेज लोग ही पैसा देने को तैयार हैं।

मेरी आशा, मेरा विश्वास नवीन पीढ़ी के नवयुवकों पर है। उन्हीं में से मैं अपने कर्मियों का संग्रह करूँगा। वे सिंहविक्रम से देश की यथार्थ उन्नति संबंधी सारी समस्या का समाधान करेंगे। वर्तमान काल में अनुष्ठेय आदर्श को मैंने एक निर्दिष्ट रूप में व्यक्त कर दिया है और उसको कार्यान्वित करने के लिए मैंने अपना जीवन समर्पित कर दिया है। यदि मुझे इसमें सफलता न मिले, तो मेरे बाद मुझसे कोई श्रेष्ठ व्यक्ति भविष्य में जन्म ग्रहण कर उसे कार्य में परिणत करेगा। मैं उसके लिए जी-जान से प्रयत्न करके ही संतुष्ट रहूँगा। मेरी राय में वर्तमान भारत की समस्या के समाधान का एकमात्र उपाय यही है कि सर्वसाधारण को उनके अधिकार दे दिए जाएँ।

संसार में भारत का धर्म ही सबसे श्रेष्ठ है, फिर भी हम चिरकाल से जनसाधारण को कुछ निस्सार चीजें देकर ही भुलाते आ रहे हैं। सामने अनंत प्रवाह बह रहा है, फिर भी हम उन्हें नाली का पानी ही पिला रहे हैं। देखिए न, मद्रास का ग्रैजुएट एक निम्न जाति के व्यक्ति को स्पर्श तक न करेगा, परंतु अपनी शिक्षा की सहायता के लिए उससे (राज-कर के रूप में अथवा अन्य किसी प्रकार से) धन लेने को तैयार है! मैं सर्वप्रथम धर्म-प्रचारकों की शिक्षा के लिए पूर्वोक्त दो शिक्षालय स्थापित चाहता हूँ, वे सर्वसाधारण को धार्मिक और लौकिक, दोनों प्रकार की शिक्षा प्रदान करेंगे। वे एक केंद्र से दूसरे केंद्र का विस्तार करेंगे और इस प्रकार हम धीरे-धीरे

समग्र भारत में फैल जाएँगे। आत्मविश्वास लाना ही हमारा प्रधान कर्तव्य है; यहाँ तक कि भगवान् में विश्वासी होने से पहले सबको अपने में विश्वास लाना होगा, पर यह दुःख की बात है कि हम भारतवासी दिनोदिन इस आत्मविश्वास को खो रहे हैं, इसीलिए मैं सुधारकों के विरुद्ध इतना कहा करता हूँ। कट्टर लोगों के भाव यद्यपि अपक्व और अप्रौढ़ होते हैं, पर उनमें आत्मविश्वास अधिक है, इसीलिए उनके मन में तेज भी अधिक है, परंतु यहाँ के सुधारक तो यूरोपियनों के हाथ की कठपुतली बनकर उनके अहंकार के पोषक ही हो रहे हैं। अन्यान्य देशों की तुलना में हमारे देश की साधारण जनता देवतुल्य है।

भारत ही एक ऐसा देश है, जहाँ दरिद्रता को पाप नहीं माना जाता। भारत के निम्न जातिवाले भी मानसिक और शारीरिक दोनों दृष्टि से सुंदर हैं, पर उनके प्रति हमारी सतत घृणा के कारण वे आत्मविश्वास खो बैठे हैं। वे समझते हैं कि वे गुलाम होकर ही संसार में आए हैं। उन्हें उनके अधिकार दे दो, तब देखोगे, वे अपने पैरों पर उठ खड़े होंगे। जनसाधारण को इस प्रकार अधिकार प्रदान करना अमेरिकी सभ्यता का महत्त्व है। एक आयरलैंड-निवासी की बात मन में लाइए, जो अभी जहाज से आया है, उसकी कमर झुकी हुई है, एक लकुटी के सहारे टेककर चल रहा है, भूख से अधमरा, चिथड़ों की एक गठरी कंधे पर लिये हुए, पर अमेरिका में कुछ ही महीने रहने के बाद उसे देखिए। उसकी शक्ल बदल जाती है और अब तो वह निडर होकर तनकर चलता है। कारण, वह ऐसे देश में आ गया है, जहाँ सभी परस्पर भाई-भाई हैं और सबको समान अधिकार प्राप्त हैं।

विश्वास करना होगा कि आत्मा अविनाशी है, अनंत और

सर्वशक्तिमान है। मेरा विश्वास है कि गुरु से साक्षात् संपर्क रखते हुए, गुरु-गृह में निवास करने से ही यथार्थ शिक्षा की प्राप्ति होती है। गुरु से साक्षात् संपर्क हुए बिना शिक्षा नहीं हो सकती। हमारे वर्तमान विश्वविद्यालयों की ही बात लीजिए। उनका आरंभ हुए पचास वर्ष हो गए, पर फल क्या मिला है? वे एक भी मौलिक-भाव संपन्न व्यक्ति उत्पन्न नहीं कर सके। वे परीक्षा लेनेवाली संस्थाएँ मात्र हैं। साधारण जनता की जागृति और उसके कल्याण के लिए स्वार्थ-त्याग की मनोवृत्ति का हममें थोड़ा भी विकास नहीं हुआ है।

**प्रश्न** : श्रीमती बेसेंट और थियोसोफी के विषय में आपका क्या मत है?

**उत्तर** : श्रीमती बेसेंट एक बड़ी अच्छी महिला हैं। उन्होंने मुझे अपने लंदन के वक्तृता-गृह में भाषण देने के लिए आमंत्रित किया था। मैं व्यक्तिगत रूप से उनके संबंध में कुछ विशेष नहीं जानता, पर यह सच है कि हमारे धर्म के विषय में उनका ज्ञान बहुत ही अल्प है। उन्होंने इधर-उधर से थोड़ी-बहुत जानकारी प्राप्त कर ली है, संपूर्ण रूप से हिंदू-धर्म का अध्ययन नहीं किया, पर उसकी दृढता और निष्कपटता को उनके शत्रु तक सराहेंगे। इंग्लैंड में वे सर्वश्रेष्ठ वक्ता मानी जाती हैं। वे एक संन्यासिन हैं, पर मैं 'महात्मा', 'कुथुमि' आदि में विश्वास नहीं करता। वे थियोसॉफिकल सोसाइटी के साथ अपना संबंध छोड़ दें, अपने पैरों पर खड़ी हों और जिसे सत्य समझती हैं, उसका प्रचार करें।

समाज-सुधार के विषय में बात करने पर स्वामीजी ने विधवा-विवाह के विषय में अपना मत इस प्रकार प्रकट किया, "मैंने आज तक ऐसा कोई राष्ट्र नहीं देखा, जिसकी उन्नति या नियति उसकी विधवाओं को प्राप्त पतियों की संख्या पर निर्भर हो।"

पत्र प्रतिनिधि जानते थे कि और भी बहुत से लोग स्वामीजी से मिलने के लिए नीचे प्रतीक्षा कर रहे हैं, इसलिए उन्होंने स्वामीजी को उनके इस कष्ट के लिए धन्यवाद देकर उनसे विदा ली।

यहाँ पर यह भी कह देना आवश्यक है कि स्वामीजी के साथ श्रीमती जे.एच. सेवियर, श्री. टी.जी. हैरिसन (कोलंबो के एक बौद्ध सज्जन) और श्री जे.जे. गुडविन भी हैं। श्री और श्रीमती सेवियर स्वामीजी के साथ इस देश में हिमालय में निवास करने की इच्छा से आए हैं। स्वामीजी के जिन पाश्चात्य शिष्यों की भारत में निवास करने की इच्छा होगी, उनके लिए हिमालय में आश्रम बनाने का संकल्प उनके मन में है। बीस साल तक वे (श्री और श्रीमती सेवियर) किसी विशेष धर्म-संप्रदाय के अनुयायी नहीं बने थे। विभिन्न संप्रदायों के प्रचारकों से धर्म के बारे में वे जो कुछ सुनते थे, उससे उनकी तृप्ति नहीं होती थी, पर स्वामीजी के कुछ भाषण सुनते ही उनको ऐसा लगने लगा कि उन्हें अब ऐसे धर्म की प्राप्ति हो गई है, जिससे उनका हृदय और बुद्धि, दोनों ही तृप्त हो गए हैं। उसके बाद वे स्विट्जरलैंड, जर्मनी और इटली आदि स्थानों में स्वामीजी के साथ भ्रमण करते हुए अब भारत में आए हैं। श्री गुडविन इंग्लैंड में एक संवाद-पत्र के संचालक थे। चौदह महीने पहले न्यूयॉर्क में स्वामीजी से उनकी प्रथम भेंट हुई थी। धीरे-धीरे वे भी स्वामीजी के शिष्य हो गए और पत्र का काम उन्होंने छोड़ दिया। अब उन्होंने स्वामीजी की सेवा में ही तन-मन अर्पित कर दिया है और उनके साथ निरंतर रहकर उनके सब भाषणों को शीघ्रलिपि (शॉर्टहैंड) में लिखा करते हैं। वे सब प्रकार से स्वामीजी के सच्चे शिष्य हैं और कहा करते हैं, "आशा करता हूँ कि मैं आमरण स्वामीजी के साथ रहूँगा।"

□

# हिंदू धर्म का पुनरुत्थान

हाल ही में 'प्रबुद्ध भारत' के एक प्रतिनिधि कुछ विषयों में स्वामी विवेकानंद का मतामत जानने के लिए उनसे मिलने आए थे। उन्होंने उन आचार्यश्रेष्ठ से पूछा, "स्वामीजी, आपके मतानुसार आपके धर्म-प्रचार का विशेषत्व क्या है?"

प्रश्न सुनते ही स्वामीजी ने उत्तर दिया, "आक्रमण, पर हाँ, केवल आध्यात्मिक अर्थ में। अन्यान्य समाजों और संप्रदायों ने केवल भारत में ही प्रचार किया है, परंतु बुद्धदेव के बाद हम ही पहले-पहल भारत की सीमा को लाँघकर समग्र संसार में धर्मप्रचार की लहरें फैलाने का प्रयत्न कर रहे हैं।"

**प्रश्न :** और आपके मत में आपके द्वारा प्रवर्तित इस धर्मविषयक आंदोलन से भारत का कौन सा उद्देश्य साधित होगा?

**उत्तर :** इससे हिंदू-धर्म के सर्वसामान्य मूलतत्त्वों पर प्रकाश पड़ेगा और वे तत्त्व समग्र जाति के सम्मुख जीवित रूप में पुनः स्थापित होंगे। वर्तमान काल में हिंदू कहने से भारत के तीन संप्रदाय समझे जाते हैं। पहला सनातनी, दूसरा, मुसलमानों के समय के सुधारक संप्रदाय और तीसरा, वर्तमानकालीन समाज-सुधारक संप्रदाय। आजकल उत्तर से दक्षिण तक संपूर्ण भारत में केवल एक ही विषय में सारे हिंदुओं का एकमत दिखाई पड़ता है और वह है—गोमांस भक्षण का निषेध।

**प्रश्न :** क्या वेद के प्रति विश्वास के विषय में सभी एकमत नहीं हैं?

**उत्तर** : बिल्कुल नहीं। बस इसी को हम पुनः प्रबुद्ध कराना चाहते हैं। भारत आज तक बुद्धदेव के भाव को अपना नहीं सका। बुद्धदेव की वाणी सुनकर प्राचीन भारत केवल मंत्रमुग्ध जैसा चकित रह गया था, नवीन बल से संजीवित नहीं हुआ था।

**प्रश्न** : वर्तमान काल में आप बौद्ध-धर्म के प्रभाव को भारत में किन विषयों में देख रहे हैं?

**उत्तर** : बौद्ध-धर्म का प्रभाव भारत में सर्वत्र ही स्पष्ट दिखाई देता है। एक बात तुम देखोगे, भारत कभी भी किसी प्राप्त वस्तु को नष्ट नहीं होने देता; हो सकता है कि उसे अपनाने में, उसे अपने रक्त-मांस के साथ एक कर लेने में कुछ समय लगता हो। बुद्धदेव ने यज्ञ में प्राणी-हिंसा का पूर्ण निषेध किया था; भारत आज तक उस शिक्षा को त्याग नहीं सका। बुद्धदेव ने कहा, 'गोहत्या मत करो', अब देखो, गोहत्या हमारे लिए असंभव हो गई है।

**प्रश्न** : स्वामीजी, आपने पहले जिन तीन संप्रदायों के नाम बताए हैं, उनमें से आप अपने को किस संप्रदाय के अंतर्गत मानते हैं?

**उत्तर** : मैं तो उक्त सभी संप्रदायों के अंतर्गत हूँ। हम ही ठीक सनातनी हिंदू हैं।

यह कहते ही स्वामीजी का मुखमंडल बड़ा गंभीर हो गया और वे बड़े आवेग भरे स्वर में बोले, "किंतु छुआछूत-मार्गियों के साथ हमारा कोई भी संबंध नहीं। छुआछूत हिंदू-धर्म नहीं है, उसकी बात हमारे किसी भी शास्त्र में नहीं है, वह तो एक कुसंस्कार मात्र है, जिसका अनुमोदन कोई भी प्राचीन आचार नहीं करता। वह सदा से राष्ट्रीय अभ्युदय के मार्ग में रोड़े डालता रहा है।"

**प्रश्न** : तब तो असल में आप राष्ट्रीय अभ्युत्थान को ही चाहते हैं?

**उत्तर** : अवश्य। अच्छा, क्या तुम यह बता सकते हो कि भारत अन्य सब आर्य जातियों से पिछड़ा हुआ क्यों रहे, भारत की बुद्धि क्या कुछ कम है, क्या यहाँ कला-कौशल नहीं है, उसका

शिल्प, उसका गणित, उसके दर्शनशास्त्र आदि का विचार करने पर क्या तुम किसी विषय में उसे कम कह सकते हो? आवश्यक इतना ही है कि वह मोह-निद्रा से, सैकड़ों सदियों की दीर्घ निद्रा से जाग जाए और संसार की समग्र जातियों के बीच उसका जो यथार्थ कार्य है, उसे ग्रहण कर ले।

**प्रश्न** : परंतु स्वामीजी, बात यह है कि भारत तो चिरकाल से ही गंभीर अंतर्दृष्टिसंपन्न है। अब उसे कर्मकुशल बनाने की चेष्टा करने से उसकी जो एकमात्र धर्म-निधि है, उससे वंचित होने की क्या आशंका नहीं है?

**उत्तर** : नहीं, तनिक भी नहीं। अतीत के इतिहास से प्रतीत होता है कि भारत में आध्यात्मिकता या अंतर्जीवन का तथा पाश्चात्य में कर्म-कुशलता, अर्थात् बहिर्जीवन का ही विकास होता रहा है। आज तक ये दोनों विपरीत मार्ग से उन्नति की ओर अग्रसर हो रहे थे; पर अब इन दोनों के सम्मिलन का समय आ गया है। श्रीरामकृष्णदेव गंभीर अंतर्दृष्टिपरायण थे; परंतु बहिर्जगत् में भी उनके समान कर्म-तत्पर और कौन है? रहस्य यहीं पर है। मानव-जीवन सागर के समान गंभीर हो, पर साथ-ही-साथ वह आकाश की भाँति विस्तृत भी हो।

स्वामीजी कहते चले, "यह एक आश्चर्य की बात है कि कभी-कभी, जब बाह्य परिस्थितियाँ संकीर्णता की पोषाक एवं उन्नति के प्रतिकूल रही हैं, तब आध्यात्मिक जीवन का बड़ी गहराई के साथ विकास हुआ है, पर इन दो विपरीत भावों का एकत्र अवस्थान एक आकस्मिक घटना मात्र है, अनिवार्य नहीं। यदि हम भारत में अपने को सुधारें तो दुनिया भी सुधर जाएगी; क्योंकि मूलतः क्या हम सब एक नहीं हैं?

**प्रश्न** : स्वामीजी, आपकी अंतिम बातें मन में एक और प्रश्न उठाती हैं। इस प्रबुद्ध हिंदू-धर्म में श्रीरामकृष्णदेव का स्थान कहाँ पर है?

**उत्तर :** इस विषय की मीमांसा करना मेरा कार्य नहीं है। मैंने कभी भी किसी व्यक्ति विशेष का प्रचार नहीं किया। मैं इतना ही कह सकता हूँ कि मेरा स्वयं का जीवन इस महात्मा के प्रति गंभीर श्रद्धा और भक्ति से परिचालित हो रहा है; पर मेरा यह भाव दूसरे लोग कहाँ तक ग्रहण करेंगे, यह तो उन्हीं पर निर्भर है। ईश्वरी शक्ति-स्रोत संसार में चिरकाल किसी एक ही निर्दिष्ट जीवन-प्रणाली से प्रवाहित नहीं होता, चाहे वह जीवन कितना ही महान् क्यों न हो। प्रत्येक युग में नए सिरे से पुनः इस शक्ति की प्राप्ति करनी होगी। कारण, हम सब भी क्या ब्रह्मस्वरूप नहीं हैं?

**प्रश्न :** धन्यवाद। मुझे आपसे बस एक प्रश्न और पूछना है। आपने अपने देशवासियों के लिए अपने प्रचार-कार्य का उद्‍देश्य तथा प्रयोजन बतला दिया है। इसी तरह क्या आप उसे साध्य करने की कार्यप्रणाली के विषय में भी कुछ बतलाने की कृपा करेंगे?

**उत्तर :** हमारी कार्यप्रणाली का वर्णन सहज है। वह और कुछ नहीं, केवल राष्ट्रीय जीवन-आदर्श को फिर से स्थापित करना है। बुद्धदेव ने त्याग का प्रचार किया, भारत ने सुना और छह शताब्दियाँ बीतने के पहले ही वह अपने सर्वोच्च गौरव-शिखर पर आरूढ़ हो गया। यही रहस्य है। 'त्याग' और 'सेवा' ही भारत के राष्ट्रीय आदर्श हैं, इन दो बातों में भारत को उन्नत करो। ऐसा होने पर सबकुछ अपने आप ही उन्नत हो जाएगा। इस देश में आध्यात्मिकता का झंडा कितना ही ऊँचा क्यों न किया जाए, वह पर्याप्त नहीं होता। बस इसी पर भारत का उद्धार निर्भर है।

□

# संवाद वेदांत रहस्य

**प्रश्न** : गुरु किसे कहते हैं?

**उत्तर** : जो तुम्हारे भूत-भविष्य को बता सकें, वे ही तुम्हारे गुरु हैं। देखो न, मेरे गुरुदेव ने मेरा भूत-भविष्य बता दिया था।

**प्रश्न** : भक्ति-लाभ किस प्रकार होता है?

**उत्तर** : भक्ति तो तुम्हारे भीतर ही है, केवल उसके ऊपर काम-कांचन का एक आवरण सा पड़ा हुआ है। उस आवरण को हटाने से ही भीतर की वह भक्ति स्वयमेव प्रकट हो जाएगी।

**प्रश्न** : आप कहा करते हैं, "अपने पैरों पर खड़े हो जाओ।" तो इस वाक्य में 'अपने' शब्द से आपका लक्ष्य किससे है?

**उत्तर** : अवश्य परमात्मा पर निर्भर रहने के लिए कहना ही मेरा उद्देश्य है। फिर भी, इस 'कच्चे अहं' पर निर्भरता का अभ्यास भी हमें धीरे-धीरे सच्चे लक्ष्य पर पहुँचा देगा; क्योंकि जीवात्मा भी तो आखिर परमात्मा की मायिक अभिव्यक्ति के अतिरिक्त और कुछ नहीं है।

**प्रश्न** : यदि सचमुच एक ही वस्तु सत्य हो, तो फिर यह द्वैत-बोध, जो सदा-सर्वदा सबको हो रहा है, कहाँ से आया?

**उत्तर** : जब किसी विषय का प्रथम अनुभव होता है, तो ठीक उसी समय कभी द्वैत-बोध नहीं होता। इंद्रियों के साथ विषयों का संयोग होने के पश्चात् जब हम उस ज्ञान को बुद्धि में ले जाते

हैं, तभी द्वैत का बोध होता है। यदि विषयानुभूति के समय द्वैत-बोध रहता, तो ज्ञेय से संपूर्ण स्वतंत्र रूप में तथा ज्ञाता भी ज्ञेय से स्वतंत्र रूप में अवस्थान कर सकता।

**प्रश्न** : चारित्र्य के सभी पहलुओं का सामंजस्यपूर्वक विकास करने का सर्वोत्तम उपाय कौन सा है?

**उत्तर** : जिनका चरित्र उस रूप से गठित हुआ हो, उनका संग करना ही इसका सर्वोत्कृष्ट उपाय है।

**प्रश्न** : वेद के विषय में हमारी धारणा किस प्रकार की होनी चाहिए?

**उत्तर** : वेद ही एकमात्र प्रमाण हैं, पर हाँ, वेद के जो अंश युक्ति-विरोधी हैं, वे वेद कहलाने लायक नहीं हैं। पुराणादि अन्यान्य शास्त्र वहीं तक ग्राह्य हैं, जहाँ तक वे वेद से अविरोधी हैं। उसे वेद से ही उद्‌भूत समझना चाहिए।

**प्रश्न** : यह जो सत्य, त्रेता, द्वापर और कलि नामक चार युगों का वर्णन शास्त्र में पाया जाता है, वह क्या ज्योतिष शास्त्र की गणना के अनुसार सिद्ध है अथवा केवल काल्पनिक ही है?

**उत्तर** : वेदों में तो कहीं ऐसे चतुर्युग का उल्लेख नहीं है। यह पौराणिक युग की कल्पना मात्र है।

**प्रश्न** : शब्द और भाव के बीच क्या सचमुच कोई नित्य संबंध है, अथवा किसी भी शब्द द्वारा कोई भी भाव समझाया जा सकता है, क्या लोगों ने अपनी इच्छा के अनुसार किसी भी शब्द के साथ किसी भी भाव का संबंध जोड़ दिया है?

**उत्तर** : इस विषय में अनेक तर्क किए जा सकते हैं, किसी स्थिर सिद्धांत पर पहुँचना बड़ा कठिन है। मालूम होता है कि शब्द और अर्थ के बीच कुछ संबंध अवश्य है, पर वह संबंध नित्य है, इसका क्या प्रमाण? देखो न, एक ही भाव को समझाने के लिए भिन्न-भिन्न भाषाओं में कितने ही भिन्न-भिन्न शब्द विद्यमान हैं। हाँ, कोई सूक्ष्म संबंध हो सकता है, जिसे हम

अब भी नहीं पकड़ पा रहे हैं।

**प्रश्न** : भारत में कार्यप्रणाली कैसी होनी चाहिए?

**उत्तर** : पहले तो ऐसी शिक्षा देनी चाहिए, जिससे सब लोग काम करना सीखें और उनका शरीर सबल हो। ऐसे केवल बारह नर-केसरी संसार पर विजय प्राप्त कर सकते हैं; परंतु लाख-लाख भेड़ों द्वारा यह नहीं होने का और दूसरे, किसी व्यक्तिरूप आदर्श के अनुकरण की शिक्षा नहीं देनी चाहिए, चाहे वह आदर्श कितना ही बड़ा क्यों न हो।

इसके पश्चात् स्वामीजी ने कुछ हिंदू-प्रतीकों की अवनति का वर्णन किया। उन्होंने ज्ञानमार्ग और भक्तिमार्ग का भेद समझाया। वास्तव में ज्ञानमार्ग आर्यों का था, इसलिए उसमें अधिकारी-विचार के इतने कड़े नियम थे। भक्तिमार्ग की उत्पत्ति दाक्षिणात्य से, अनार्य-जाति से हुई है, इसलिए उसमें अधिकार-विचार नहीं है।

**प्रश्न** : भारत के इस पुनरुत्थान के कार्य में रामकृष्ण मिशन का कौन सा स्थान है?

**उत्तर** : इस मठ से चरित्रवान व्यक्ति निकलकर सारे संसार को आध्यात्मिकता की बाढ़ से प्लावित कर देंगे। इसके साथ-साथ दूसरे विषयों में भी उन्नति होती रहेगी। इस तरह ब्राह्मण, क्षत्रिय और वैश्य जाति का अभ्युदय होगा। शूद्र जाति और अधिक नहीं रहेगी, वे लोग आज जो काम कर रहे हैं, वे सब यंत्रों की सहायता से किए जाएँगे। भारत का वर्तमान अभाव है—क्षत्रिय-शक्ति।

**प्रश्न** : क्या मनुष्य को दूसरे जन्म में पशु आदि हीन योनि की प्राप्ति हो सकती है?

**उत्तर** : हाँ, पुनर्जन्म काम पर निर्भर रहता है। यदि मनुष्य पशु के समान आचरण करे, तो वह पशु-योनि में खिंच जाता है।

**प्रश्न** : मनुष्य फिर पशु-योनि को कैसे प्राप्त हो सकता है, यह

बात समझ में नहीं आती। क्रम-विकास के नियमानुसार जब उसने एक बार मानव-देह प्राप्त कर ली है, तो फिर से वह पशु-योनि को किस प्रकार प्राप्त हो सकता है?

**उत्तर** : क्यों, पशु-योनि से जब मनुष्य हो सकता है, तो मनुष्य-योनि से पशु क्यों न होगा? सत्ता तो वास्तव में एक ही है, मूल में तो सब एक ही हैं।

एक समय (सन् 1898 में) इस प्रकार के प्रश्नोत्तर-काल में स्वामीजी ने मूर्ति-पूजा की उत्पत्ति बौद्ध-युग में मानी थी। उन्होंने कहा था—पहले बौद्ध चैत्य, फिर स्तूप और तत्पश्चात् बुद्ध का मंदिर निर्मित हुआ। इसके साथ ही हिंदू-देवताओं के मंदिर खड़े हुए।

**प्रश्न** : क्या कुंडलिनी नाम की कोई वास्तविक वस्तु इस स्थूल शरीर के भीतर है?

**उत्तर** : श्रीरामकृष्णदेव कहते थे, "योगी जिन्हें पद्म कहते हैं, वास्तव में वे मनुष्य के शरीर में नहीं हैं। योगाभ्यास से उनकी उत्पत्ति होती है।"

**प्रश्न** : क्या मूर्ति-पूजा द्वारा मुक्तिलाभ हो सकता है?

**उत्तर** : मूर्ति-पूजा से साक्षात् मुक्ति की प्राप्ति नहीं हो सकती, फिर भी वह मुक्ति-प्राप्ति में गौण कारणस्वरूप है, सहायक है। मूर्ति-पूजा ही अद्वैत-ज्ञान की उपलब्धि के लिए मन को तैयार कर देती है और केवल इस अद्वैत-ज्ञान की प्राप्ति से ही मनुष्य मुक्त हो सकता है।

**प्रश्न** : हमारे चरित्र का सर्वोच्च आदर्श क्या होना चाहिए?

**उत्तर** : त्याग।

**प्रश्न** : आप कहते हैं कि बौद्ध-धर्म ने अपनी वसीयत के रूप में भारत में घोर अवनति छोड़ी, तो यह कैसे हुआ?

**उत्तर** : बौद्धों ने प्रत्येक भारतवासी को संन्यासी या संन्यासिन बनाने का प्रयत्न किया था, परंतु सब लोग तो वैसे नहीं हो सकते।

इस तरह किसी भी व्यक्ति के साधु बन जाने से संन्यासी-संन्यासिनियों में क्रमशः त्याग का भाव घटता गया और भी एक कारण था—धर्म के नाम पर तिब्बत तथा अन्यान्य देशों के बर्बर आचारों का अनुकरण करना। वे इन सब स्थानों में धर्म-प्रचार हेतु गए और इस प्रकार उनके भीतर उन लोगों के दूषित आचार प्रवेश कर गए। अंत में उन्होंने भारत में इन सब आचारों को प्रचलित कर दिया।

**प्रश्न** : माया क्या अनादि और अनंत है?

**उत्तर** : समष्टि-रूप से अनादि-अनंत अवश्य है, पर व्यष्टि-रूप से शांत है।

**प्रश्न** : माया क्या है?

**उत्तर** : वास्तव में वस्तु केवल एक ही है, चाहे उसको चैतन्य कहो या जड़, पर उनमें से एक को छोड़कर दूसरे का विचार करना केवल कठिन ही नहीं, असंभव है। इसी को माया या अज्ञान कहते हैं।

**प्रश्न** : मुक्ति क्या है?

**उत्तर** : मुक्ति का अर्थ है—पूर्ण स्वाधीनता; भले और बुरे, दोनों बंधनों से मुक्त हो जाना। लोहे की श्रृंखला भी श्रृंखला ही है और सोने की श्रृंखला भी श्रृंखला है। श्रीरामकृष्णदेव कहते थे, पैर में काँटा चुभने पर उसे निकालने के लिए एक दूसरे काँटे की आवश्यकता होती है। काँटा निकल जाने पर दोनों काँटे फेंक दिए जाते हैं। इसी तरह सत्-प्रवृत्ति द्वारा असत्-प्रवृत्तियों का दमन करना पड़ता है, परंतु बाद में सत्-प्रवृत्तियों पर भी विजय प्राप्त करनी पड़ती है।

**प्रश्न** : भगवत् कृपा बिना क्या मुक्तिलाभ हो सकता है?

**उत्तर** : मुक्ति के साथ ईश्वर का कोई संबंध नहीं है। मुक्ति तो पहले से ही हमारे भीतर विद्यमान है।

**प्रश्न** : हमारे भीतर जिसे 'मैं' या 'अहं' कहा जाता है, वह आत्मा देह आदि से उत्पन्न नहीं है। इसका क्या प्रमाण है?

**उत्तर** : अनात्मा की भाँति 'मैं' या 'अहं' भी देह-मन आदि से ही उत्पन्न होता है। प्रकृत 'मैं' या आत्मा के अस्तित्व का एकमात्र प्रमाण है—प्रत्यक्ष उपलब्धि।

**प्रश्न** : सच्चा ज्ञानी और सच्चा भक्त किसे कह सकते हैं?

**उत्तर** : जिसके हृदय में अथाह प्रेम है और जो प्रत्यक्ष जीवन की सभी अवस्थाओं में अद्वैत-तत्त्व का साक्षात्कार करता है, वही सच्चा ज्ञानी और सच्चा भक्त है। सच्चा भक्त वह है, जो परमात्मा के साथ जीवात्मा की अभिन्न रूप में उपलब्धि कर यथार्थ ज्ञान-संपन्न हो गया है, जो सबसे प्रेम करता है और जिसका हृदय सबके लिए रुदन करता है। ज्ञान और भक्ति में से किसी एक का पक्ष लेकर, जो दूसरे की निंदा करता है, वह न तो ज्ञानी है, न भक्त, वह तो ढोंगी और धूर्त है।

**प्रश्न** : ईश्वर के अस्तित्व की सेवा करने की क्या आवश्यकता है?

**उत्तर** : यदि तुम एक बार ईश्वर के अस्तित्व को मान लेते हो, तो उनकी सेवा करने के यथेष्ट कारण पाओगे। सभी शास्त्रों के मतानुसार भगवत् सेवा का अर्थ है 'स्मरण'। यदि तुम ईश्वर के अस्तित्व में विश्वास रखते हो, तो तुम्हारे जीवन में पग-पग पर उनको स्मरण करने का हेतु सामने आएगा।

**प्रश्न** : क्या मायावाद अद्वैतवाद से कुछ पृथक् है?

**उत्तर** : नहीं, दोनों एक ही हैं। मायावाद को छोड़ अद्वैतवाद की और कोई भी व्याख्या संभव नहीं है।

**प्रश्न** : ईश्वर तो अनंत है, वे फिर मनुष्य-रूप धारण कर इतने छोटे किस प्रकार हो सकते हैं?

**उत्तर** : यह सत्य है कि ईश्वर अनंत हैं, परंतु तुम लोग अनंत का जो

अर्थ सोचते हो, वह अर्थ ठीक नहीं है। अनंत कहने से तुम एक बड़ी प्रकांड जड़-सत्ता समझ बैठते हो। इसी समझ के कारण तुम भ्रम में पड़ गए हो। जब तुम यह कहते हो कि भगवान् मनुष्य-रूप धारण नहीं कर सकते, तो इसका अर्थ तुम ऐसा समझते हो कि एक प्रकांड जड़-पदार्थ को इतना छोटा नहीं किया जा सकता, परंतु ईश्वर इस अर्थ में अनंत नहीं है। उनका अनंतत्व चैतन्य का अनंतत्व है, इसलिए मानव के आकार में अपने को अभिव्यक्त करने पर भी उनके स्वरूप को कुछ भी क्षति नहीं पहुँचती।

**प्रश्न** : कुछ लोग कहते हैं कि पहले सिद्ध बन जाओ, फिर तुम्हें कर्म करने का ठीक-ठीक अधिकार होगा, परंतु कुछ कहते हैं कि शुरू से ही कर्म करना उचित है। इन दो विभिन्न मतों का सामंजस्य किस प्रकार हो सकता है?

**उत्तर** : तुम दो अलग-अलग बातों को एक में मिला दे रहे हो, इसलिए भ्रम में पड़ गए हो। कर्म का अर्थ है—मानव-जाति की सेवा अथवा धर्म-प्रचार-कार्य। यथार्थ प्रचार-कार्य में अवश्य ही सिद्ध-पुरुष के अतिरिक्त और किसी का अधिकार नहीं है, परंतु सेवा में तो सभी का अधिकार है; इतना ही नहीं, जब तक हम दूसरों से सेवा ले रहे हैं, तब तक हम दूसरों की सेवा करने को बाध्य भी हैं।

**प्रश्न** : आप कहते हैं कि सबकुछ मंगल के लिए ही है, परंतु देखने में आता है कि संसार सब ओर अमंगल और दुःख-कष्ट से घिरा है, तो फिर आपके मत के साथ इस प्रत्यक्ष दिखनेवाले व्यापार का सामंजस्य किस प्रकार हो सकता है?

**उत्तर** : आप यदि पहले अमंगल के अस्तित्व को प्रमाणित कर सकें, तभी मैं इस प्रश्न का उत्तर दे सकूँगा, परंतु वैदांतिक मत तो अमंगल का अस्तित्व ही स्वीकार नहीं करता। सुख से

रहित अनंत-दुःख कहीं हो, तो उसे अवश्य प्रकृत अमंगल कहा जा सकता है, पर यदि सामयिक दुःख-कष्ट हृदय की कोमलता और महत्ता की वृद्धि कर मनुष्य को अनंत-सुख की ओर अग्रसर कर दे, तो फिर उसे अमंगल नहीं कहा जा सकता, बल्कि उसे तो परम मंगल कहा जा सकता है। तब तक हम यह अनुसंधान नहीं कर लेते कि किसी वस्तु का अंतिम चिरंतन परिणाम क्या होता है, तब तक हम उसे अमंगल नहीं कह सकते।

भूतों और पिशाचों की उपासना हिंदू-धर्म का अंग नहीं है। मानव-जाति क्रमोन्नति के मार्ग पर चल रही है, परंतु सब लोग एक ही प्रकार की स्थिति में नहीं पहुँच सके हैं, इसलिए पार्थिव जीवन में कुछ लोग अन्यान्य व्यक्तियों की अपेक्षा अधिक महान् और पवित्र देखे जाते हैं। प्रत्येक मनुष्य के लिए उसके अपने वर्तमान उन्नति-क्षेत्र के भीतर स्वयं को उन्नत बनाने के लिए अवसर विद्यमान है। हम अपना नाश नहीं कर सकते, हम अपने भीतर की जीवन-शक्ति को नष्ट या दुर्बल नहीं कर सकते, परंतु उस शक्ति को विभिन्न दिशा में परिचालित करने के लिए हम स्वतंत्र हैं।

**प्रश्न** : पार्थिव जड़वस्तु की सत्यता क्या हमारे मन की केवल कल्पना नहीं है ?

**उत्तर** : मेरे मत में बाह्य जगत् की अवश्य एक सत्ता है, हमारे मन के विचार के बाहर भी उसका एक अस्तित्व है। चैतन्य क्रमविकास-रूप महान् विधान का अनुवर्ती होकर यह समग्र विश्व उन्नति के पथ पर अग्रसर हो रहा है। चैतन्य का यह क्रम-विकास जड़ के क्रमविकास से पृथक् है। जड़ का क्रम-विकास चैतन्य की विकास-प्रणाली का सूचक या प्रतीकस्वरूप है, किंतु उसके द्वारा इस प्रणाली की व्याख्या

नहीं हो सकती। वर्तमान पार्थिव परिस्थिति में बद्ध रहने के कारण हम अभी तक अखंड व्यक्तित्व को प्राप्त नहीं कर सके हैं। जब तक हम उस उच्चतर भूमि में नहीं पहुँच जाते, जहाँ हम अपने अंतरात्मा के परम लक्षणों को प्रकट करने के उपयुक्त यंत्र बन जाते हैं, तब तक प्रकृत व्यक्तित्व की प्राप्ति नहीं कर सकते।

**प्रश्न** : ईसा मसीह के पास एक जन्मांध शिशु को ले जाकर उनसे पूछा गया था कि शिशु अपने किए हुए पाप के फल से अंधा हुआ है अथवा अपने माता-पिता के पाप के फल से, इस समस्या की मीमांसा आप किस प्रकार करेंगे?

**उत्तर** : इस समस्या में पाप की बात को ले आने का कोई भी प्रयोजन नहीं दीख पड़ता, तो भी मेरा दृढ विश्वास है कि शिशु की यह अंधता उसके पूर्वजन्म-कृत किसी कर्म का ही फल होगी। मेरे मत में पूर्वजन्म को स्वीकार करने पर ही ऐसी समस्याओं की मीमांसा हो सकती है।

**प्रश्न** : मृत्यु के पश्चात् हमारा आत्मा क्या आनंद की अवस्था को प्राप्त करता है?

**उत्तर** : मृत्यु तो केवल अवस्था परिवर्तन मात्र है। देश-काल आपके ही भीतर विद्यमान है, आप देश-काल के अंतर्गत नहीं हैं। बस इतना जानने से ही यथेष्ट होगा कि हम इहलोक में या परलोक में अपने जीवन को जितना पवित्र और महान् बनाएँगे, उतना ही हम उन भगवान् के निकट होते जाएँगे, जो सारे आध्यात्मिक सौंदर्य और अनंत आनंद के केंद्रस्वरूप हैं।

**प्रश्न** : क्या वेदांत का प्रभाव इसलाम धर्म पर भी कुछ पड़ा था?

**उत्तर** : वेदांत-मत की आध्यात्मिक उदारता ने इसलाम धर्म पर अपना विशेष प्रभाव डाला था। भारत का इसलाम धर्म संसार के अन्यान्य देशों के इसलाम धर्म की अपेक्षा पूर्ण रूप से

भिन्न है। जब दूसरे देशों के मुसलमान यहाँ आकर भारतीय मुसलमानों को फुसलाते हैं कि तुम विधर्मियों के साथ मिल-जुलकर कैसे रहते हो, तभी अशिक्षित कट्टर मुसलमान उत्तेजित होकर दंगा-फसाद मचाते हैं।

**प्रश्न** : क्या वेदांत जाति-भेद मानता है ?

**उत्तर** : जाति-भेद वेदांत-धर्म का विरोधी है। जाति-भेद एक सामाजिक प्रथा मात्र है और हमारे बड़े-बड़े आचार्यों ने उसे तोड़ने के प्रयत्न किए। बौद्ध धर्म से लेकर सभी संप्रदायों ने जाति-भेद के विरुद्ध प्रचार किया है, परंतु ऐसा प्रचार जितना ही बढ़ता गया, जाति-भेद की शृंखला उतनी ही दृढ़ होती गई। जाति-भेद की उत्पत्ति राजनीतिक व्यवस्था से हुई है। वह तो वंश-परंपरागत व्यवसायी संप्रदायों का समवाय मात्र है। किसी प्रकार के उपदेश की अपेक्षा यूरोप के साथ व्यापार-वाणिज्य की प्रतियोगिता ने जाति-भेद को अधिक मात्रा में तोड़ा है।

**प्रश्न** : वेदों की विशेषता किस बात में है ?

**उत्तर** : वेदों की एक विशेषता यह है कि सारे शास्त्र-ग्रंथों में एकमात्र वेद ही बारंबार कहते हैं कि वेदों के भी अतीत हो जाना चाहिए। वेद कहते हैं कि वे केवल असिद्ध व्यक्तियों के लिए लिखे गए हैं, इसलिए सिद्धावस्था में तो वेदों की सीमा के परे जाना पड़ेगा।

**प्रश्न** : आपके मत में प्रत्येक जीवात्मा क्या नित्य सत्य है ?

**उत्तर** : जीव-सत्ता कुछ संस्कारों या बुद्धि-वृत्तियों की समष्टिस्वरूप है और इन बुद्धि-वृत्तियों का प्रतिक्षण परिवर्तन होता रहता है। इसलिए यह जीवात्मा अनंत काल के लिए कभी सत्य नहीं हो सकता। इस मायिक जगत्-प्रपंच के भीतर ही उसकी सत्यता है। जीवात्मा तो विचार और स्मृति की समष्टि है, वह

नित्य सत्य कैसे हो सकता है ?

**प्रश्न :** भारत में बौद्ध-धर्म का लोप क्यों हुआ ?

**उत्तर :** वास्तव में भारत में बौद्ध-धर्म का लोप नहीं हुआ। वह बस एक विराट् सामाजिक आंदोलन मात्र था। बुद्ध के पहले यज्ञ के नाम से तथा अन्य विभिन्न कारणों से बहुत प्राणि-हिंसा होती थी और लोग बहुत मद्यपान एवं आमिष-आहार करते थे। बुद्ध के उपदेश के फल से मद्यपान और जीव-हत्या का भारत से प्राय: लोप सा हो गया है।

## आत्मा और ईश्वर

श्रोताओं में से एक व्यक्ति ने पूछा, "यदि ईसाई-धर्म-प्रचारक लोगों को नरकाग्नि का डर न दिखाए, तो उनके उपदेशों को कोई नहीं मानेगा ?"

**उत्तर :** यदि ऐसा ही हो, तो न मानना ही अच्छा है। भय दिखाकर जिससे धर्म-कर्म कराना होता है, उसके द्वारा असल में कोई धर्माचरण होता ही नहीं। लोगों को उनकी आसुरी प्रकृति के विषय में कुछ न सुनाकर उनमें जो देवभाव निहित है, उसी के बारे में उपदेश देना अच्छा है।

**प्रश्न :** प्रभु (ईसा मसीह) ने जो बताया कि "स्वर्गराज्य इस संसार का नहीं है", इसका क्या अर्थ है ?

**उत्तर :** उनके कहने का तात्पर्य यह था कि स्वर्गराज्य हमारे भीतर ही विद्यमान है। यहूदी लोगों की ऐसी धारणा थी कि इसी पृथ्वी में कहीं 'स्वर्गराज्य' नामक कोई राज्य स्थापित होगा, पर ईसा मसीह की धारणा इस प्रकार की नहीं थी।

**प्रश्न :** क्या आप यह विश्वास करते हैं कि हम सब पहले पशु थे और अब मनुष्य बन गए हैं ?

**उत्तर :** मेरा विश्वास है कि क्रमविकास के नियमानुसार उच्चतर प्राणी निम्नतर जीवों से ही आए हैं।

**प्रश्न :** आप ऐसे किसी व्यक्ति को जानते हैं, जिसे अपने पिछले जन्म का स्मरण है ?

**उत्तर :** ऐसे कई व्यक्तियों के साथ मेरी भेंट हुई है, जिन्होंने मुझे बतलाया है, उन्हें अपने पिछले जन्म का स्मरण है। वे ऐसी एक अवस्था में पहुँच गए हैं, जिसमें उनके पूर्व-जन्म की स्मृति का उदय हुआ है।

**प्रश्न :** ईसा के सूली पर बिद्ध होने की बात पर क्या आप विश्वास करते हैं ?

**उत्तर :** ईसा तो ईश्वरावतार थे, लोग उनकी हत्या नहीं कर सके। उन्होंने जिसे सूली पर चढ़ाया था, वह तो एक छाया मात्र थी, मृगतृष्णा जैसी एक भ्रांति मात्र थी।

**प्रश्न :** यदि उनमें इस प्रकार के एक छाया-शरीर का निर्माण करने की शक्ति थी, तो क्या यही सबसे श्रेष्ठ अलौकिक व्यापार नहीं है ?

**उत्तर :** अलौकिक चमत्कारों को तो मैं हमेशा ही सत्य की प्राप्ति में सबसे बड़ा विघ्न मानता हूँ। बुद्ध के शिष्यों ने एक समय उनसे इस प्रकार के चमत्कार दिखानेवाले किसी व्यक्ति की बात कही थी। वह व्यक्ति स्पर्श किए बिना ही एक पात्र को बहुत ऊँचे स्थान से ले आया था, परंतु वह पात्र जब बुद्धदेव को दिखाया गया, तो देखते ही उन्होंने उसे पदाघात से चूर-चूर कर दिया और इस प्रकार की अलौकिक क्रियाओं पर धर्म की नींव डालने का निषेध करते हुए शिष्यों से कहा, "सनातन तत्त्वों में सत्य की खोज करनी होगी।" उन्होंने अपने शिष्यों को आभ्यंतरिक यथार्थ ज्ञानलोक की, आत्मतत्त्व, आत्म-ज्योति की शिक्षा दी थी और इस आत्म-ज्योति के आलोक में अग्रसर होना ही एकमात्र निर्विघ्न मार्ग है। चमत्कार आदि तो धर्म-मार्ग

में विघ्नरूप हैं। उन्हें अपने सामने से दूर कर देना चाहिए।

**प्रश्न** : क्या आप विश्वास करते हैं कि ईसा ने शैलोपदेश दिया था?

**उत्तर** : हाँ, मैं विश्वास करता हूँ कि ईसा ने शैलोपदेश दिया था, परंतु इस विषय में दूसरों के समान मैं भी ग्रंथों के प्रामाण्य पर ही निर्भर हूँ और मैं यह भी जानता हूँ कि केवल ग्रंथों के प्रमाण में पूर्ण आस्था नहीं रखी जा सकती, तो भी यह सत्य है कि उस शैलोपदेश को अपने जीवन का मार्ग-प्रदर्शक बनाने में हमारे लिए किसी प्रकार की आपत्ति की संभावना नहीं है। जो कुछ आध्यात्मिक दृष्टि से हमारे लिए कल्याणप्रद प्रतीत हो, उसको हमें ग्रहण करना होगा। बुद्धदेव ने ईसा से पाँच सौ वर्ष पहले उपदेश दिया था। उनके सारे वचन प्रेम और शुभ कामना से भरे हुए हैं। उनके श्रीमुख से कभी भी किसी के प्रति अभिशाप का उच्चारण नहीं हुआ। उनके जीवन भर में कभी भी किसी के प्रति अशुभ विचार का प्रसंग नहीं सुना गया। जरथुष्ट्र या कन्फ्यूशियस के मुख से भी कभी अभिशाप के शब्द नहीं निकले।

**प्रश्न** : आत्मा के फिर से देह-धारण के विषय में हिंदू-मत किस प्रकार का है?

**उत्तर** : वैज्ञानिकों का शक्ति या जड़-सातत्य अथवा नैरंतर्य का मतवाद जिस भित्ति पर प्रतिष्ठित है, पुनर्देहधारण का सिद्धांत भी उसी भित्ति पर स्थापित है। इस मतवाद का प्रवर्तन सर्वप्रथम हमारे देश के एक दार्शनिक ने ही किया था। प्राचीन ऋषि 'सृष्टि' पर विश्वास नहीं करते थे। 'सृष्टि' कहने से तात्पर्य निकलता है, 'कुछ नहीं' से 'कुछ' का होना, 'अभाव' से 'भाव' की उत्पत्ति। यह असंभव है। जिस प्रकार काल का आदि नहीं है, उसी प्रकार सृष्टि का भी नहीं है। ईश्वर और सृष्टि, मानो दो समानांतर रेखाओं के समान

हैं, उनका न आदि है, न अंत, वे नित्य पृथक् हैं। सृष्टि के बारे में हमारा मत यह है, "वह थी, है और रहेगी।" पाश्चात्य देशवासियों को भारत से एक बात सीखनी है, वह है—'परधर्म-सहिष्णुता'। कोई भी धर्म बुरा नहीं है, क्योंकि सब धर्मों का सार एक ही है।

**प्रश्न** : आप क्या यहाँ (अमेरिका में) हिंदू-धर्म के क्रियाकलाप, अनुष्ठान आदि को चलाना चाहते हैं?

**उत्तर** : मैं तो केवल दार्शनिक तत्त्वों का प्रचार कर रहा हूँ।

**प्रश्न** : क्या आपको ऐसा नहीं मालूम होता कि यदि भावी नरक का डर मनुष्य के सामने से हटा दिया जाए, तो किसी भी रूप में उसे काबू में रखना असंभव हो जाएगा?

**उत्तर** : नहीं, बल्कि मैं तो यह समझता हूँ कि भय की अपेक्षा हृदय में प्रेम और आशा का संचार होने से वह अधिक अच्छा हो सकेगा।

## योग, वैराग्य, तपस्या, प्रेम

**प्रश्न** : क्या योग शरीर को पूर्ण स्वास्थ्य और जीवनी-शक्ति प्रदान करने में सहायक होता है?

**उत्तर** : हाँ, सहायक है। यह रोगों को दूर रखता है। स्वयं अपने शरीर को मन से बहिर्वस्तु समझना कठिन है, अतः दूसरों के शरीरों के संबंध में यह बड़ा कारगर है। फल और दूध योगियों के लिए सर्वोत्तम आहार है।

**प्रश्न** : क्या वैराग्य के साथ ही आनंद-लाभ होता है?

**उत्तर** : वैराग्य का प्रथम सोपान बड़ा कष्टदायक होता है। जब वैराग्य पक्का हो जाता है, तब निरतिशय आनंद-लाभ होता है।

**प्रश्न** : तपस्या क्या है?

**उत्तर :** तपस्या त्रिविध है, शरीर की, वाणी की और मन की। प्रथम है लोकसेवा, द्वितीय है सत्य बोलना और तृतीय है मन को जीतना तथा उसकी एकाग्रता।

**प्रश्न :** हमें यह क्यों नहीं अनुभव होता कि एक ही चैतन्य चींटी और पूर्णत्व प्राप्त ऋषि, दोनों में वास कर रहा है?

**उत्तर :** इस सृष्टि के एकत्व का ज्ञान होने में केवल समय की बात रहती है।

**प्रश्न :** सम्यक् ज्ञान या पूर्णत्व प्राप्ति के पूर्व क्या धर्म प्रचार करना संभव है?

**उत्तर :** नहीं, प्रभु से मेरी प्रार्थना है कि मेरे गुरुदेव के तथा मेरे सभी संन्यासी शिष्यों को सम्यक् ज्ञान हो जाए, जिससे वे धर्म प्रचार के योग्य बन सकें।

**प्रश्न :** 'गीता' में श्रीकृष्ण ने ईश्वर को दिव्य ऐश्वर्य से युक्त विराट् स्वरूप व्यक्त किया है, वह क्या श्रीकृष्ण के रूप में निहित अन्य दिव्य उपाधियों के बिना गोपियों से उनके संबंध में व्यक्त प्रेमभाव के प्रकाश से श्रेष्ठतर है?

**उत्तर :** जो प्रेम प्रिय व्यक्ति के प्रति भगवद्भाव से रहित हो, वह दिव्य ऐश्वर्य के प्रकाश की अपेक्षा निश्चय ही हीनतर है। यदि ऐसा न होता, तो केवल हाड़-मांस के शरीर से प्रेम करनेवाले सभी लोग मोक्ष प्राप्त कर लेते।

## गुरु, अवतार, योग, जप, सेवा

**प्रश्न :** वेदांत के लक्ष्य तक कैसे पहुँचा जा सकता है?

**उत्तर :** श्रवण, मनन और निदिध्यासन द्वारा। किसी सद्गुरु से ही वेदांत-श्रवण करना चाहिए। चाहे कोई विधिपूर्वक शिष्य न हुआ हो, पर अगर वह यथार्थ मुमुक्षु है और सद्गुरु के शब्दों का श्रवण करता है, तो उसकी मुक्ति हो जाती है।

**प्रश्न** : सद्गुरु कौन है ?

**उत्तर** : सद्गुरु वह है, जिसे गुरु-परंपरा से आध्यात्मिक शक्ति प्राप्त हुई है। अध्यात्म गुरु का कार्य बड़ा कठिन है। दूसरों के पापों को स्वयं अपने ऊपर लेना पड़ता है। इस कार्य में कम समुन्नत व्यक्तियों के पतन की पूरी आशंका रहती है। यदि शारीरिक पीड़ा मात्र हो, तो उसे अपने को भाग्यवान समझना चाहिए।

**प्रश्न** : क्या अध्यात्म गुरु जिज्ञासु को सुपात्र नहीं बना सकता ?

**उत्तर** : कोई अवतार बना सकता है, साधारण गुरु नहीं।

**प्रश्न** : क्या मोक्ष का कोई सरल मार्ग नहीं है ?

**उत्तर** : 'प्रेम को पंथ कृपाण की धारा', यही नियम यहाँ भी लागू है। केवल उन लोगों के लिए आसान है, जिन्हें अवतार के संपर्क में आने का सौभाग्य प्राप्त हुआ हो। श्रीरामकृष्णदेव कहा करते थे, "जिसका यह अंतिम जन्म है, वह किसी-न-किसी प्रकार से मेरे निकट आएगा।"

**प्रश्न** : क्या मुक्ति के लिए योग सुगम मार्ग नहीं है ?

**उत्तर** : (मजाक में) आपने खूब कहा, समझा! योग सुगम मार्ग! यदि आपका मन निर्मल न होगा और योग-मार्ग पर आरूढ़ होंगे तो आपको कुछ अलौकिक सिद्धियाँ मिल जाएँगी, परंतु वे आपकी आध्यात्मिक उन्नति में रुकावटें सिद्ध होंगी। इसलिए मन की निर्मलता या चित्तिशुद्धि प्रथम आवश्यक वस्तु है।

**प्रश्न** : इस चित्तिशुद्धि का उपाय क्या है ?

**उत्तर** : सत्कर्म। सत्कर्म दो प्रकार के हैं—करणात्मक और अकरणात्मक। 'चोरी मत करो' यह अकरणात्मक निर्देश है, 'परोपकार करो' यह करणात्मक है।

**प्रश्न** : परोपकार उच्च अवस्था में क्यों न किया जाए, क्योंकि निम्न

अवस्था में वैसा करने से साधक भवबंधन में पड़ सकता है ?

**उत्तर :** प्रथम अवस्था में ही परहित के कर्म करने चाहिए। आरंभ में जिसे कामना रहती है, वह भ्रांत होता है और बंधन में पड़ता है, अन्य लोग नहीं। परोपकार करते-करते वह बिल्कुल स्वाभाविक बन जाएगा।

**प्रश्न :** स्वामीजी! कल रात आपने कहा था, "तुममें सबकुछ है।" तब यदि मैं विष्णु जैसा बनना चाहूँ, तो क्या मुझे केवल 'विष्णु' भाव का ही चिंतन करना चाहिए अथवा विष्णु रूप का भी ध्यान करना चाहिए ?

**उत्तर :** सामर्थ्य के अनुसार इनमें से किसी मार्ग का अनुसरण किया जा सकता है।

**प्रश्न :** आत्मानुभूति का साधन क्या है ?

**उत्तर :** गुरु ही आत्मानुभूति का साधन है। "गुरु बिन होइ न ज्ञान।"

**प्रश्न :** कुछ लोगों का कहना है कि ध्यान-साधना के लिए किसी पूजागृह में बैठने की आवश्यकता नहीं है। यह कहाँ तक ठीक है ?

**उत्तर :** जिन्होंने प्रभु की विद्यमानता का प्रत्यक्ष ज्ञान प्राप्त कर लिया है, उनके लिए इसकी आवश्यकता नहीं है, लेकिन औरों के लिए है, किंतु साधक को सगुण ब्रह्म की उपासना से ऊपर उठकर निर्गुण ब्रह्म की उपासना की ओर अग्रसर होना चाहिए, क्योंकि सगुण या साकार उपासना से मोक्ष नहीं मिल सकता। ईश्वर के साकार रूप के दर्शन से आपको सांसारिक समृद्धि प्राप्त हो सकती है। जो माता की भक्ति करता है, वह इस दुनिया में सफल होता है; जो पिता की पूजा करता है, वह स्वर्ग जाता है; किंतु जो साधु की पूजा करता है, वह ज्ञान तथा भक्तिलाभ करता है।

**प्रश्न :** 'क्षणमिह सज्जन संगतिरेका', 'सत्संग का एक क्षण भी

मनुष्य को इस भवलोक के परे ले जाता है', इस वचन का क्या अर्थ है?

**उत्तर** : सच्चे साधु के संपर्क में आने पर सत्पात्र मुक्तावस्था प्राप्त कर लेता है। सच्चे साधु विरले होते हैं, किंतु उनका प्रभाव इतना होता है कि एक महान् लेखक ने लिखा है—"पाखंड के अस्तित्व से सिद्ध होता है कि दुष्टता से सज्जनता अधिक प्रभावशाली है।" इसलिए दुष्टजन सज्जन होने का ढोंग करते हैं, किंतु अवतार कपाल-मोचन होते हैं, अर्थात् वे लोगों की भाग्य रेखा पलट सकते हैं। वे सारे विश्व को हिला सकते हैं। उपासना का सबसे कम संकटाकीर्ण और सर्वोत्तम मार्ग मनुष्य की उपासना करना है। जिसे मानव में ब्रह्म का दर्शन हुआ है, उसने विश्वव्यापी ब्रह्म का साक्षात्कार कर लिया। विभिन्न परिस्थितियों के अनुसार, संन्यस्त जीवन तथा गृहस्थ जीवन, दोनों ही श्रेयस्कर हैं। केवल ज्ञान आवश्यक वस्तु है।

**प्रश्न** : ध्यान कहाँ लगाना चाहिए, शरीर के भीतर या बाहर, मन को भीतर समेटना चाहिए अथवा बाह्य प्रदेश में स्थापित करना चाहिए?

**उत्तर** : हमें भीतर ध्यान लगाने का यत्न करना चाहिए। मन को भीतर या बाहर रखने का सवाल बहुत दूर का है। मन के स्तर पर पहुँचने में लंबा समय लगेगा। अभी तो हमारा संघर्ष शरीर से है। जब आसन सिद्ध हो जाता है, तभी मन से संघर्ष आरंभ होता है। आसन सिद्ध हो जाने पर अंग-प्रत्यंग निश्चल हो जाता है और साधक चाहे जितने समय तक स्थिर बैठा रह सकता है।

**प्रश्न** : कभी-कभी जप में थकान मालूम होने लगती है। तब क्या उसकी जगह स्वाध्याय करना चाहिए या उसी पर आरूढ़ रहना चाहिए?

**उत्तर** : दो कारणों से जप में थकान मालूम होती है। कभी-कभी मस्तिष्क थक जाता है और कभी-कभी आलस्य के परिणामस्वरूप ऐसा होता है। यदि प्रथम कारण है, तो उस समय कुछ क्षण तब जप छोड़ देना चाहिए, क्योंकि हठपूर्वक जप में लगे रहने से विभ्रम या विक्षिप्तावस्था आदि आ जाती है, परंतु यदि द्वितीय कारण है, तो मन को बलात् जप में लगाना चाहिए।

**प्रश्न** : कभी-कभी जप करते समय पहले आनंद की अनुभूति होती है, लेकिन तब आनंद के कारण जप में मन नहीं लगता। ऐसी स्थिति में क्या जप जारी रखना चाहिए?

**उत्तर** : हाँ, आनंद आध्यात्मिक साधना में बाधक है। उसे रसास्वादन कहते हैं। उससे ऊपर उठना चाहिए।

**प्रश्न** : जब मन इधर-उधर भागता रहे, तब भी क्या देर तक जप करते रहना ठीक है?

**उत्तर** : हाँ, अगर किसी बदमाश घोड़े की पीठ पर कोई अपना आसन जमाए रखे, तो वह उस घोड़े का वश में कर लेता है।

**प्रश्न** : आपने अपने 'भक्तियोग' में लिखा है कि यदि कोई कमजोर आदमी योगाभ्यास का यत्न करता है, तो घोर प्रतिक्रिया होती है, तब क्या किया जाए?

**उत्तर** : यदि आत्मज्ञान के प्रयास में मर जाना पड़े तो भय किस बात का? विद्यार्जन तथा अन्य बहुत सी वस्तुओं के लिए मरने में मनुष्य को भय नहीं होता, फिर धर्म के लिए मरने में आप भयभीत क्यों हों?

**प्रश्न** : क्या जीव-सेवा मात्र से मुक्ति मिल सकती है?

**उत्तर** : जीव-सेवा प्रत्यक्ष रूप से मुक्ति प्रदान नहीं कर सकती, किंतु उससे चित्तशुद्धि होती है; इस प्रकार परोक्ष रूप से वह मुक्ति का कारण बनती है, किंतु यदि आप समुचित रूप से किसी

कार्य के करने की इच्छा रखते हैं, तो संप्रति उसे ही सर्वस्व समझिए। किसी भी पंथ में खतरा है—निष्ठा के भाव का। निष्ठा का होना आवश्यक है, अन्यथा विकास नहीं होगा। वर्तमान समय में कर्म पर जोर देना आवश्यक हो गया है।

**प्रश्न** : कर्म में हमारी भावना क्या होनी चाहिए—परोपकारमूलक करुणा या कोई और भावना?

**उत्तर** : करुणाजन्य परोपकार उत्तम है, परंतु शिव ज्ञान से सर्व जीव की सेवा उससे श्रेष्ठ है।

**प्रश्न** : प्रार्थना की उपादेयता क्या है?

**उत्तर** : सोई हुई शक्ति प्रार्थना से आसानी से जाग उठती है और यदि प्रार्थना बुद्धिपूर्वक की जाए, तो सभी इच्छाएँ पूरी हो सकती हैं, किंतु बुद्धिपूर्वक न की जाए, तो दस में से एकाध की पूर्ति होती है, परंतु इस तरह की प्रार्थना स्वार्थपूर्ण होती है, अत: त्याज्य है।

**प्रश्न** : नररूपधारी अवतार की पहचान क्या है?

**उत्तर** : जो मनुष्यों की ललाट-रेखा को बदल सके, वह भगवान् है। कोई भी साधु, चाहे वह कितना भी पहुँचा हुआ क्यों न हो, अनुपम पद के लिए दावा नहीं कर सकता। मुझे कोई ऐसा व्यक्ति नहीं दिखाई पड़ता, जिसने श्री रामकृष्ण के भगवत्-स्वरूप का साक्षात्कार कर लिया हो। हम लोगों को कभी-कभी इसकी धुँधली प्रतीति मात्र हो जाती है बस! उन्हें भगवान् के रूप में जान लेने और साथ ही संसार से आसक्ति रखने में परस्पर संगति नहीं है।

**प्रश्न** : अद्वैतवादी सृष्टि-तत्त्व के विषय में क्या कहते हैं?

**उत्तर** : अद्वैतवादी कहते हैं कि यह सारा सृष्टि-तत्त्व तथा इस संसार में जो कुछ भी है, सब माया के इस आपात-प्रतीयमान प्रपंच के अंतर्गत है। वास्तव में इस सबका कोई अस्तित्व नहीं है,

परंतु जब तक हम बद्ध हैं, तब तक हमें यह दृश्य-जगत् देखना पड़ेगा। इस दृश्य-जगत् में घटनाएँ कुछ निर्दिष्ट क्रम के अनुसार घटती रहती हैं, परंतु उसके परे न कोई नियम है, न क्रम। वहाँ संपूर्ण मुक्ति, संपूर्ण स्वाधीनता है।

**प्रश्न** : अद्वैतवाद क्या द्वैतवादी का विरोधी है?

**उत्तर** : उपनिषद् प्रणालीबद्ध रूप से लिखित न होने के कारण जब कभी दार्शनिकों ने किसी प्रणालीबद्ध दर्शनशास्त्र की रचना करनी चाही है, तब उन्होंने इन उपनिषदों में से अपने अभिप्राय के अनुकूल प्रामाणिक वाक्यों को ग्रहण किया है। इसी कारण सभी दर्शनकारों ने उपनिषदों को प्रमाण-रूप से ग्रहण किया है, अन्यथा उनके दर्शन का किसी प्रकार का आधार ही नहीं रह जाता, तो भी हम देखते हैं कि उपनिषदों में सब प्रकार की विभिन्न चिंतन-प्रणालियाँ विद्यमान हैं। हमारा यह सिद्धांत है कि अद्वैतवाद द्वैतवाद का विरोधी नहीं है। हम तो कहते हैं कि चरमज्ञान में पहुँचने के लिए तीन सोपान हैं, उनमें से द्वैतवाद एक है। धर्म में सर्वदा तीन सोपान देखने में आते हैं। प्रथम, द्वैतवाद। उसके बाद मनुष्य अपेक्षाकृत उच्चतर अवस्था में उपस्थित होता है, वह है विशिष्टाद्वैतवाद और अंत में उसे यह अनुभव होता है कि वह समस्त विश्व-ब्रह्मांड के साथ अभिन्न है। यही चरम-दशा अद्वैतवाद है। इसीलिए इन तीनों में परस्पर विरोध नहीं है, बल्कि वे आपस में एक-दूसरे के सहायक या पूरक हैं।

**प्रश्न** : माया या अज्ञान के अस्तित्व का क्या कारण है?

**उत्तर** : कार्यकारण-संघात की सीमा के बाहर 'क्यों' का प्रश्न नहीं पूछा जा सकता। माया-राज्य के भीतर ही 'क्यों' का प्रश्न पूछा जा सकता है। हम कहते हैं कि यदि न्यायशास्त्र के अनुसार तर्कसंगत रूप में यह प्रश्न पूछा जा सके, तभी हम

उसका उत्तर देंगे। उसके पहले उसका उत्तर देने का हमें अधिकार नहीं है।

**प्रश्न** : सगुण ईश्वर क्या माया के अंतर्गत है?

**उत्तर** : हाँ, पर यह सगुण-ईश्वर मायारूपी आवरण के भीतर से परिदृश्यमान उस निर्गुण-ब्रह्म के अतिरिक्त और कुछ नहीं है। माया या प्रकृति के अधीन होने पर वही निर्गुण-ब्रह्म जीवात्मा कहलाता है और मायाधीश या प्रकृति के नियंता के रूप में वही ईश्वर या सगुण-ब्रह्म कहलाता है। कोई व्यक्ति सूर्य को देखने के लिए ऊपर की ओर यात्रा करे, तो जब तक वह असल सूर्य के निकट नहीं पहुँचता, तब तक वह सूर्य को क्रमशः अधिकाधिक बड़ा ही देखता जाएगा। वह जितना ही आगे बढ़ेगा, उसे ऐसा मालूम होगा कि वह भिन्न-भिन्न सूर्यों को देख रहा है, परंतु वास्तव में वह उसी एक सूर्य को देख रहा है, इसमें संदेह नहीं। इसी प्रकार, हम जो कुछ देख रहे हैं, सभी उस निर्गुण-ब्रह्मसत्ता के विभिन्न रूप मात्र हैं, इसलिए उस दृष्टि से ये सब सत्य हैं। इनमें से कोई भी मिथ्या नहीं है, परंतु यह कहा जा सकता है कि ये निम्नतर सोपान मात्र हैं।

**प्रश्न** : उस पूर्ण निरपेक्ष सत्ता को जानने की विशेष प्रणाली कौन सी है?

**उत्तर** : हमारे मत में दो प्रणालियाँ हैं। उनमें से एक तो अस्तिभाव-द्योतक या प्रवृत्ति-मार्ग है और दूसरी नास्तिभाव-द्योतक या निवृत्ति-मार्ग है। प्रथमोक्त मार्ग से सर्वसाधारण लोग चलते हैं, इसी पथ से हम प्रेम द्वारा उस पूर्ण-वस्तु को प्राप्त करने की चेष्टा कर रहे हैं। यदि प्रेम की परिधि अनंत गुनी बढ़ा दी जाए, तो हम उसी सार्वजनीन प्रेम में पहुँच जाएँगे। दूसरे पथ में 'नेति', 'नेति' अर्थात् 'यह नहीं', 'यह नहीं' इस प्रकार

की साधना करनी पड़ती है। इस साधना में चित्त की, जो कोई तरंग मन को बहिर्मुखी बनाने की चेष्टा करती है, उसका निवारण करना पड़ता है। अंत में मन ही मानो मर जाता है, तब सत्य स्वयं प्रकाशित हो जाता है। हम इसी को समाधि या ज्ञानातीत अवस्था या पूर्ण ज्ञानावस्था कहते हैं।

**प्रश्न** : तब तो यह विषयी (ज्ञाता या द्रष्टा) को विषय (ज्ञेय या दृश्य) में डुबो देने की अवस्था हुई ?

**उत्तर** : विषयी को विषय में नहीं, वरन् विषय को विषयी में डुबो देने की। वास्तव में यह जगत् विलीन हो जाता है, केवल 'मैं' रह जाता हूँ, एकमात्र 'मैं' ही वर्तमान रहता है।

**प्रश्न** : हमारे कुछ जर्मन दार्शनिकों का मत है कि भारतीय भक्तिवाद संभवतः पाश्चात्य प्रभाव का ही फल है ?

**उत्तर** : इस विषय में मैं उनसे सहमत नहीं हूँ। इस प्रकार का अनुमान एक क्षण के लिए भी नहीं टिक सकता। भारतीय भक्ति पाश्चात्य देशों की भक्ति के समान नहीं है। भक्ति के संबंध में हमारी मुख्य धारणा यह है कि उसमें भय का भाव बिल्कुल ही नहीं रहता, रहता है—केवल भगवान् के प्रति प्रेम। दूसरी बात यह है कि ऐसा अनुमान बिल्कुल अनावश्यक है। भक्ति की बातें हमारी प्राचीनतम उपनिषदों तक में विद्यमान हैं और ये उपनिषदें ईसाइयों की बाइबिल से बहुत प्राचीन हैं। संहिता में भी भक्ति का बीज देखने में आता है। फिर 'भक्ति' शब्द भी कोई पाश्चात्य शब्द नहीं है। वेद-मंत्र में 'श्रद्धा' शब्द का जो उल्लेख है, उसी से क्रमशः भक्तिवाद का उद्‌भव हुआ था।

**प्रश्न** : ईसाई-धर्म के संबंध में भारतवासियों की क्या धारणा है ?

**उत्तर** : बड़ी अच्छी धारणा है। वेदांत सभी को ग्रहण करता है। दूसरे देशों की तुलना में भारत में हमारी धर्म-शिक्षा का एक

विशेषत्व है। मान लीजिए, मेरा एक लड़का है। मैं उसे धर्ममत की शिक्षा नहीं दूँगा, मैं उसे प्राणायाम सिखाऊँगा, मन को एकाग्र करना सिखाऊँगा और थोड़ी-बहुत सामान्य प्रार्थना की शिक्षा दूँगा; परंतु वैसी प्रार्थना नहीं, जैसी आप समझते हैं, वरन् इस प्रकार की प्रार्थना, 'जिन्होंने इस विश्व-ब्रह्मांड की सृष्टि की है, मैं उनका ध्यान करता हूँ, वे मेरे मन को ज्ञानलोक से आलोकित करें।' इस प्रकार उसकी धर्म-शिक्षा रहेगी। इसके बाद वह विभिन्न मतावलंबी दार्शनिकों एवं आचार्यों के मत सुनता रहेगा। उनमें से जिनका मत वह अपने लिए सबसे अधिक उपयुक्त समझेगा, उन्हीं को गुरु रूप से ग्रहण करेगा और वह स्वयं उनका शिष्य बन जाएगा। वह उनसे प्रार्थना करेगा, "आप जिस दर्शन का प्रचार कर रहे हैं, वही सर्वोत्कृष्ट है, अतएव आप कृपा करके मुझे उसकी शिक्षा दीजिए।"

"हमारी मूल बात यह है कि आपका मत मेरे लिए तथा मेरा मत आपके लिए उपयोगी नहीं हो सकता। प्रत्येक का साधन-पथ भिन्न-भिन्न होता है। यह भी हो सकता है कि मेरी लड़की का साधन-मार्ग एक प्रकार का हो, मेरे लड़के का साधन-मार्ग दूसरे प्रकार का और मेरा इन दोनों से बिल्कुल भिन्न प्रकार का। अतः प्रत्येक व्यक्ति का इष्ट या निर्वाचित पथ भिन्न-भिन्न हो सकता है और सब लोग अपने-अपने साधन-मार्ग की बातें गुप्त रखते हैं।

अपने साधन-पथ के विषय में केवल मैं जानता हूँ और मेरे गुरु, किसी तीसरे व्यक्ति को यह नहीं बताया जाता; क्योंकि हम दूसरों से वृथा विवाद करना नहीं चाहते। फिर इसे दूसरों के पास प्रकट करने से उनका कोई लाभ नहीं होता; क्योंकि प्रत्येक को ही अपना-अपना मार्ग चुन लेना पड़ता है।

इसीलिए सर्वसाधारण को केवल सर्वसाधारणोपयोगी दर्शन और साधना-प्रणाली का ही उपदेश दिया जा सकता है। एक दृष्टांत लीजिए, अवश्य उसे सुनकर आप हँसेंगे। मान लीजिए, एक पैर पर खड़े रहने से शायद मेरी उन्नति में कुछ सहायता होती हो, परंतु इसी कारण यदि मैं सभी को एक पैर पर खड़े होने का उपदेश देने लगूँ, तो क्या यह हँसी की बात न होगी? हो सकता है कि मैं द्वैतवादी होऊँ और मेरी स्त्री अद्वैतवादी। मेरा कोई लड़का इच्छा करे तो ईसा, बुद्ध या मुहम्मद का उपासक बन सकता है, वे उसके इष्ट हैं। हाँ, यह अवश्य है कि उसे अपने जातिगत सामाजिक नियमों का पालन करना पड़ेगा।"

**प्रश्न** : क्या सब हिंदुओं का जाति-विभाग में विश्वास है?

**उत्तर** : उन्हें बाध्य होकर जातिगत नियम मानने पड़ते हैं। उनका भले ही उनमें विश्वास न हो, पर तो भी वे सामाजिक नियमों का उल्लंघन नहीं कर सकते।

**प्रश्न** : इस प्राणायाम और एकाग्रता का अभ्यास क्या सब लोग करते हैं?

**उत्तर** : हाँ, कुछ लोग बहुत थोड़ा करते हैं, धर्मशास्त्र के आदेश का उल्लंघन न करने के लिए जितना करना पड़ता है, बस उतना ही करते हैं। भारत के मंदिर यहाँ के गिरजाघरों के समान नहीं हैं। चाहे तो कल ही सारे मंदिर गायब हो जाएँ, तो भी लोगों को उनका अभाव महसूस नहीं होगा। स्वर्ग की इच्छा से, पुत्र की इच्छा से अथवा इसी प्रकार की और किसी कामना से लोग मंदिर बनवाते हैं। हो सकता है, किसी एक बड़े भारी मंदिर की प्रतिष्ठा कर उसमें पूजा के लिए दो-चार पुरोहितों को भी नियुक्त कर दिया, पर मुझे वहाँ जाने की कुछ भी आवश्यकता नहीं है, क्योंकि मेरा जो कुछ पूजा-पाठ है,

वह मेरे घर में ही होता है। प्रत्येक घर में एक अलग कमरा होता है, जिसे 'ठाकुर-घर' या 'पूजा-गृह' कहते हैं। दीक्षा-ग्रहण के बाद प्रत्येक बालक या बालिका का यह कर्तव्य हो जाता है कि वह पहले स्नान करे, फिर पूजा-संध्या-वंदनादि। उसकी इस पूजा या उपासना का अर्थ है—प्राणायाम, ध्यान तथा किसी मंत्र विशेष का जप और एक बात की ओर विशेष ध्यान देना पड़ता है; वह है—साधना के समय शरीर को हमेशा सीधा रखना। हमारा विश्वास है कि मन के बल से शरीर को स्वस्थ और सबल रखा जा सकता है। एक व्यक्ति इस प्रकार पूजा आदि करके चला जाता है, फिर दूसरा आकर वहाँ बैठकर अपना पूजा-पाठ आदि करने लगता है। सभी निःस्तब्ध भाव से अपनी-अपनी पूजा करके चले जाते हैं। कभी-कभी एक ही कमरे में तीन-चार व्यक्ति बैठकर उपासना करते हैं, परंतु उनमें से हरेक की उपासना-प्रणाली भिन्न-भिन्न हो सकती है। इस प्रकार की पूजा प्रतिदिन कम-से-कम दो बार करनी पड़ती है।

**प्रश्न** : आपने जिस अद्वैत-अवस्था के बारे में कहा है, यह क्या केवल एक आदर्श है, अथवा वास्तव में किसी ने यह अवस्था प्राप्त भी की है?

**उत्तर** : हम तो उस अवस्था को प्रत्यक्ष का ही विषय जानते हैं। हम कहते हैं कि यह अवस्था प्रत्यक्ष उपलब्धि करने का ही विषय है। यदि वह केवल थोड़ी बात हो, तब तो उसका कुछ भी मूल्य नहीं। उस तत्त्व की उपलब्धि करने के लिए वेदों में तीन उपाय बतलाए गए हैं—श्रवण, मनन और निजध्यासन। इस आत्मतत्त्व के विषय में पहले श्रवण करना होगा। श्रवण करने के बाद इस विषय पर विचार करना होगा, आँखें मूँदकर विश्वास न कर, अच्छी तरह विचार करके समझ-बूझकर

उस पर विश्वास करना होगा। इस प्रकार अपने सत्यस्वरूप पर विचार करके उसके निरंतर ध्यान में नियुक्त होना होगा, तब उसका साक्षात्कार होगा। यह प्रत्यक्षानुभूति ही यथार्थ धर्म है। केवल किसी मतवाद को स्वीकार कर लेना धर्म का अंग नहीं है। हम तो कहते हैं कि यह समाधि या ज्ञानातीत अवस्था ही धर्म है।

**प्रश्न** : यदि आप कभी इस समाधि-अवस्था को प्राप्त कर लें, तो क्या आप उसका वर्णन भी कर सकेंगे?

**उत्तर** : नहीं; परंतु समाधि-अवस्था या पूर्ण ज्ञान की अवस्था प्राप्त हुई है या नहीं, इस बात को हम जीवन के ऊपर उसके फलाफल को देखकर जान सकते हैं। एक मूर्ख व्यक्ति जब सोकर उठता है, तो वह पहले जैसा मूर्ख था, अब भी वैसा ही मूर्ख रहता है, शायद पहले से और भी खराब हो सकता है, परंतु जब कोई व्यक्ति समाधि में स्थित होता है, तो वहाँ से उत्थान के बाद वह एक तत्त्वज्ञ, साधु, महापुरुष हो जाता है। इसी से स्पष्ट है कि ये दोनों अवस्थाएँ कितनी भिन्न-भिन्न हैं।

**प्रश्न** : आप लोग 'ऐस्ट्रल बॉडी' (सूक्ष्म शरीर) को क्या कहते हैं?

**उत्तर** : हम उसे लिंग-शरीर कहते हैं। जब इस देह का नाश होता है, तब दूसरे शरीर का ग्रहण किस प्रकार होता है? जड़-भूत को छोड़कर शक्ति नहीं रह सकती। इसलिए सिद्धांत यह है कि देह-त्याग होने के पश्चात् भी सूक्ष्म-भूत का कुछ अंश हमारे साथ रह जाता है। अंतरिंद्रियाँ इस सूक्ष्म-भूत की सहायता से और एक नूतन देह तैयार कर लेती है, क्योंकि प्रत्येक ही अपनी-अपनी देह बना रहा है, मन ही शरीर को तैयार करता है। यदि मैं साधु बनूँ तो मेरा मस्तिष्क साधु के मस्तिष्क में परिणत हो जाएगा। योगी कहते हैं कि वे इसी जीवन में अपने

शरीर को देवशरीर में परिणत कर सकते हैं।

"योगी अनेक चमत्कार दिखाते हैं। ढेर कोरे मतवादों की अपेक्षा अल्प अभ्यास का मूल्य बहुत अधिक है। अतएव मुझे यह कहने का अधिकार नहीं है कि अमुक-अमुक बातें घटती मैंने नहीं देखीं, इसलिए वे मिथ्या हैं। योगियों के ग्रंथों में लिखा है कि अभ्यास द्वारा सब प्रकार के बड़े अद्भुत फलों की प्राप्ति हो सकती है। नियमित रूप से अभ्यास करने पर अल्प काल में थोड़े-बहुत फल की प्राप्ति हो जाती है, जिससे यह जाना जा सकता है कि इसमें कुछ कपट या धोखाधड़ी नहीं है और इन सब शास्त्रों में जिन अलौकिक बातों का उल्लेख है, उनकी व्याख्या योगी वैज्ञानिक रीति से करते हैं।

अब प्रश्न यह है कि संसार की सभी जातियों में इस प्रकार के अलौकिक कार्यों का विवरण कैसे लिपिबद्ध किया गया ? जो व्यक्ति कहता है कि ये सब नियम मिथ्या हैं, अत: इनकी व्याख्या करने की कोई आवश्यकता नहीं है, उसे युक्तिवादी विचारक नहीं कहा जा सकता। जब तक आप उन बातों को भ्रमात्मक प्रमाणित नहीं कर सकते, तब तक उन्हें अस्वीकार करने का अधिकार आपको नहीं है। आपको यह प्रमाणित करना होगा कि इन सबका कोई आधार नहीं है, तभी उनको अस्वीकार करने का अधिकार आपको होगा, परंतु आप लोगों ने तो ऐसा किया नहीं। दूसरी ओर योगी कहते हैं कि ये सब व्यापार वास्तव में अद्भुत नहीं हैं और वे इस बात का दावा करते हैं कि ऐसी क्रियाएँ वे अभी भी कर सकते हैं। भारत में आज भी अनेक अद्भुत घटनाएँ होती रहती हैं, परंतु उनमें से कोई भी किसी अप्राकृतिक शक्ति द्वारा नहीं घटती। इस विषय पर अनेक ग्रंथ विद्यमान हैं। जो हो, इस दिशा में

और कुछ न हुआ हो, तो भी वैज्ञानिक रूप से मनस्वतत्त्व की आलोचना करने के प्रयत्न का सारा श्रेय योगियों को ही देना चाहिए।"

**प्रश्न :** योगी क्या-क्या चमत्कार दिखा सकते हैं, इसके उदाहरण आप दे सकते हैं?

**उत्तर :** योगियों का कथन है कि अन्य किसी विज्ञान की चर्चा करने के लिए जितने विश्वास की आवश्यकता होती है, योग-विद्या के निमित्त उससे अधिक विश्वास की जरूरत नहीं। किसी विषय को स्वीकार करने के बाद एक भद्र व्यक्ति उसकी सत्यता की परीक्षा के लिए जितना विश्वास करता है, उससे अधिक विश्वास करने को योगी लोग नहीं कहते। योगी का आदर्श अतिशय उच्च है। मन की शक्ति से, जो सब कार्य हो सकते हैं, उनमें से निम्नतर कुछ कार्यों को मैंने प्रत्यक्ष देखा है, अतः मैं इस पर अविश्वास नहीं कर सकता कि उच्चतर कार्य भी मन की शक्ति द्वारा हो सकते हैं। योगी का आदर्श है—सर्वज्ञता और सर्वशक्तिमत्ता की प्राप्ति कर उनकी सहायता से शाश्वत शांति और प्रेम का अधिकारी हो जाना।

मैं एक योगी को जानता हूँ, जिन्हें एक बड़े विषैले सर्प ने काट लिया था। सर्पदंश होते ही वे बेहोश हो जमीन पर गिर पड़े। संध्या के समय वे होश में आए। उनसे जब पूछा गया कि क्या हुआ था? तो वे बोले, "मेरे प्रियतम के पास से एक दूत आया था।" इन महात्मा की सारी घृणा, क्रोध और हिंसा का भाव पूर्ण रूप से दग्ध हो चुका है। कोई भी चीज उन्हें बदला लेने के लिए प्रवृत्त नहीं कर सकती। वे सर्वदा अनंत प्रेमस्वरूप हैं और प्रेम की शक्ति से सर्वशक्तिमान हो गए हैं। बस ऐसा व्यक्ति ही यथार्थ योगी है, और सब

शक्तियों का विकास, अनेक प्रकार के चमत्कार दिखलाना गौण मात्र है। यह सब प्राप्त कर लेना योगी का लक्ष्य नहीं है। योगी कहते हैं कि योगी के अतिरिक्त अन्य सब मानो गुलाम हैं, खाने-पीने के गुलाम, अपनी स्त्री के गुलाम, अपने लड़के-बच्चों के गुलाम, रुपए-पैसे के गुलाम, स्वदेशवासियों के गुलाम, नाम-यश के गुलाम, जलवायु के गुलाम, इस संसार के हजारों विषयों के गुलाम। जो मनुष्य इन बंधनों में से किसी में भी नहीं फँसे, वे ही यथार्थ मनुष्य हैं, यथार्थ योगी हैं।

**इहैव तैर्जितः सर्गो येषां साम्ये स्थितं मनः।**
**निर्दोष हि समं ब्रह्म तस्माद् ब्रह्मणि ते स्थिताः॥**

"जिनका मन साम्यभाव में अवस्थित है, उन्होंने ही संसार पर जय प्राप्त कर ली है। ब्रह्म निर्दोष और समभावापन्न है, इसलिए वे ब्रह्म में अवस्थित हैं।"

**प्रश्न** : क्या योगी जाति-भेद को विशेष आवश्यक समझते हैं?

**उत्तर** : नहीं, जाति-विभाग तो उन लोगों को, जिनका मन अभी अपरिपक्व है, शिक्षा प्रदान करने का एक विद्यालय मात्र है।

**प्रश्न** : इन समाधि-तत्त्व के साथ भारत की गरम जलवायु का तो कुछ संबंध नहीं है?

**उत्तर** : मैं तो ऐसा नहीं समझता। कारण, समुद्र-धरातल से पंद्रह हजार फीट ऊँचाई पर सुमेरू के समान जलवायु वाले हिमालय में ही तो योगविद्या का उद्भव हुआ था।

**प्रश्न** : ठंडी जलवायु में क्या योग में सिद्धि प्राप्त हो सकती है?

**उत्तर** : हाँ, अवश्य हो सकती है और संसार में इसकी प्राप्ति जितनी संभव है, उतना संभव और कुछ भी नहीं है। हम कहते हैं, आप लोग, आपमें से प्रत्येक, जन्म से ही वैदांतिक है। आप अपने जीवन के प्रत्येक मुहूर्त में संसार की प्रत्येक वस्तु

के साथ अपने एकत्व की घोषणा कर रहे हैं। जब कभी आपका हृदय सारे संसार के कल्याण के लिए उन्मुख होता है, तभी आप अनजाने में सच्चे वेदांतवादी हो जाते हैं। आप नीतिपरायण हैं, पर यह नहीं जानते कि आप क्यों नीतिपरायण हो रहे हैं। एकमात्र वेदांत-दर्शन ही नीतितत्त्व का विश्लेषण कर मनुष्य को ज्ञानपूर्वक नीतिपरायण होने की शिक्षा देता है। वह सब धर्मों का सारस्वरूप है।

**प्रश्न** : आपके मत में क्या हम पाश्चात्यों में ऐसा कुछ असामाजिक भाव है, जिसके कारण हम इस तरह बहुवादी और भेदपरायण बन रहे हैं और जिसके अभाव के कारण प्राच्य देश के लोग हमसे अधिक सहानुभूति संपन्न हैं।

**उत्तर** : मेरे मत में पाश्चात्य-जाति अधिक निर्दय स्वभाव की है और प्राच्य देश के लोग सब भूतों के प्रति अधिक दया-संपन्न हैं, परंतु इसका कारण यही है कि आपकी सभ्यता बहुत ही आधुनिक है। किसी के स्वभाव को दयालु बनाने के लिए समय की आवश्यकता होती है। आप में शक्ति काफी है, परंतु जिस मात्रा में शक्ति का संचय हो रहा है, उस मात्रा में हृदय का विकास नहीं हो पा रहा है। विशेषकर मनःसंयम का अभ्यास बहुत ही अल्प परिमाण में हुआ है। आपको साधु और शांत-प्रकृति बनने में बहुत समय लगेगा, पर भारतवासियों के प्रत्येक रक्त-बिंदु में यह भाव प्रवाहित हो रहा है। यदि मैं भारत के किसी गाँव में जाकर वहाँ के लोगों को राजनीति की शिक्षा देना चाहूँ, तो वे उसे नहीं समझेंगे, परंतु यदि मैं उन्हें वेदांत का उपदेश दूँ, तो वे कहेंगे, 'हाँ, स्वामीजी, अब हम आपकी बात समझ रहे हैं, आप ठीक ही कह रहे हैं।' आज भी भारत में सर्वत्र यह वैराग्य या अनासक्ति का भाव देखने में आता है। आज हमारा बहुत

पतन हो गया है, परंतु अभी भी वैराग्य का प्रभाव इतना अधिक है कि राजा भी अपने राज्य को त्यागकर, साथ में कुछ भी न लेता हुआ, देश में सर्वत्र पर्यटन करेगा।

"कहीं-कहीं पर गाँव की एक साधारण लड़की भी अपने चरखे से सूत कातते समय कहती है, मुझे द्वैतवाद का उपदेश मत सुनाओ, मेरा चरखा तक 'सोऽहं', 'सोऽहं' कह रहा है। इन लोगों के पास जाकर उनसे वार्त्तालाप कीजिए और उनसे पूछिए कि जब तुम इस प्रकार 'सोऽहं' कहते हो, तो फिर उस पत्थर को प्रणाम क्यों करते हो? इसके उत्तर में वे कहेंगे, "आपकी दृष्टि में तो धर्म एक मतवाद मात्र है, पर हम तो धर्म का अर्थ प्रत्याक्षानुभूति ही समझते हैं।" उनमें से कोई शायद कहेगा, "मैं तो तभी यथार्थ वेदांतवादी होऊँगा, जब सारा संसार मेरे सामने से अंतर्हित हो जाएगा, जब मैं सत्य के दर्शन कर लूँगा। जब तक मैं उस स्थिति में नहीं पहुँचता, तब तक मुझमें और एक साधारण अज्ञ व्यक्ति में कोई अंतर नहीं है। यही कारण है कि मैं प्रस्तर-मूर्ति की उपासना कर रहा हूँ, मंदिर में जाता हूँ, जिससे मुझे प्रत्याक्षानुभूति हो जाए। मैंने वेदांत का श्रवण किया तो है, पर मैं अब इस वेदांत-प्रतिपाद्य आत्मतत्त्व को देखना चाहता हूँ, उसका प्रत्यक्ष अनुभव कर लेना चाहता हूँ।"

**वाग्वैखरी शब्दझरी शास्त्रव्याख्यानकौशलम्।**
**वैदुष्यं विदुषां तद्वद् भुक्तये न तु मुक्तये॥**

"धाराप्रवाह रूप से मनोरम वाक्यों की योजना, शास्त्रों की व्याख्या करने के नाना प्रकार के कौशल, ये केवल पंडितों के आमोद के लिए ही हैं, इनके द्वारा मुक्तिलाभ की कोई संभावना नहीं है।" ब्रह्म के साक्षात्कार से ही हमें उस मुक्ति की प्राप्ति होती है।"

**प्रश्न** : आध्यात्मिक विषय में जब सर्वसाधारण के लिए इस प्रकार की स्वाधीनता है, तो क्या इस स्वाधीनता के साथ जाति-भेद का मानना मेल खाता है ?

**उत्तर** : कदापि नहीं। लोग कहते हैं कि जाति-भेद नहीं रहना चाहिए, इतना ही नहीं, बल्कि जो लोग भिन्न-भिन्न जातियों के अंतर्गत हैं, वे भी कहते हैं कि जाति-विभाग कोई बहुत उच्च स्तर की चीज नहीं है, पर साथ ही वे यह भी कहते हैं कि यदि तुम इससे अच्छी कोई अन्य वस्तु हमें दो, तो हम इसे छोड़ देंगे। वे पूछते हैं कि तुम इनके बदले हमें क्या दोगे, जाति-भेद कहाँ नहीं है, बोलो ? आप भी तो अपने देश में इसी प्रकार के एक जाति-विभाग की सृष्टि करने का प्रयत्न कर रहे हैं। जब कोई व्यक्ति कुछ अर्थ-संग्रह कर लेता है, तो वह कहने लगता है कि मैं भी तुम्हारे चार सौ धनिकों में से एक हूँ। केवल हमीं लोग एक स्थायी जाति-विभाग का निर्माण करने में सफल हुए हैं। अन्य देशवाले इस प्रकार के स्थायी जाति-विभाग की स्थापना के लिए प्रयत्न कर रहे हैं, किंतु वे सफल नहीं हो पा रहे हैं। यह सच है कि हमारे समाज में काफी कुसंस्कार और बुरी बातें हैं, पर क्या आपके देश के कुसंस्कारों तथा बुरी बातों को हमारे देश में प्रचलित कर देने से ही सब ठीक हो जाएगा ? जाति-भेद के कारण ही तो आज भी हमारे देश के तीस करोड़ लोगों को खाने के लिए रोटी का एक टुकड़ा मिल रहा है। हाँ, यह सच है कि रीति-नीति की दृष्टि से इसमें अपूर्णता है, पर यदि यह जाति-विभाग न होता, तो आज आपको एक भी संस्कृत ग्रंथ पढ़ने के लिए न मिलता। इसी जाति-विभाग के द्वारा ऐसी मजबूत दीवालों की सृष्टि हुई थी, जो शत-शत बाहरी चढ़ाइयों के बावजूद नहीं गिरी। आज भी यह प्रयोजन मिटा

नहीं है, इसलिए अभी तक जाति-विभाग बना हुआ है। सात सौ वर्ष पहले जाति-विभाग जैसा था, आज भी वैसा नहीं है। उस पर जितने ही आघात होते गए, वह उतना ही दृढ़ होता गया। क्या आप यह नहीं जानते कि केवल भारत ही एक ऐसा राष्ट्र है, जो दूसरे राष्ट्रों पर विजय प्राप्त करने अपनी सीमा से बाहर कभी नहीं गया?

महान् सम्राट अशोक विशेष रूप से कह गए थे कि उनका कोई भी उत्तराधिकारी पर-राष्ट्र-विजय के लिए प्रयत्न न करे। यदि कोई अन्य जाति हमारे यहाँ प्रचारक भेजना चाहती है, तो भेजे, पर वह हमारी वास्तविक सहायता ही करे, राष्ट्रीय संपत्तिस्वरूप हमारा जो धर्म-भाव है, उसे क्षति न पहुँचाए। ये सब विभिन्न जातियाँ हिंदू-जाति पर विजय प्राप्त करने के लिए क्यों आईं, क्या हिंदुओं ने अन्य जातियों का कुछ अनिष्ट किया था? बल्कि जहाँ तक संभव था, उन्होंने संसार का उपकार ही किया था। उन्होंने संसार को विज्ञान, दर्शन और धर्म की शिक्षा दी तथा संसार की अनेक असभ्य जातियों को सभ्य बनाया, परंतु उसके बदले में उनको क्या मिला? रक्तपात! अत्याचार! और दुष्ट 'काफिर' शुभनाम! वर्तमान काल में भी पाश्चात्य व्यक्तियों द्वारा लिखित भारत संबंधी ग्रंथों को पढ़कर देखिए तथा वहाँ (भारत में) भ्रमण करने के लिए जो लोग गए थे, उनके द्वारा लिखित आख्यायिकाओं को पढ़िए। आप देखेंगे, उन्होंने भी हिंदुओं को 'हिदन' कहकर गालियाँ दी हैं। मैं पूछता हूँ, भारतवासियों ने ऐसा कौन सा अनिष्ट किया है, जिसके प्रतिशोध में उनके प्रति इस प्रकार की लांछनपूर्ण बातें कही जाती हैं ?

**प्रश्न** : सभ्यता के विषय में वेदांत की क्या धारणा है?

**उत्तर** : आप दार्शनिक लोग हैं, आप यह नहीं मानते कि रुपए की

थैली पास रहने से ही मनुष्य-मनुष्य में कुछ भेद उत्पन्न हो जाता है। इन सब कल-कारखानों और जड़-विज्ञानों का मूल्य क्या है? उनसे तो बस एक ही लाभ होता हुआ देखने में आता है, वे सर्वत्र ज्ञान का विस्तार करते हैं। आप अभाव अथवा दारिद्रय की समस्या को हल नहीं कर सके, बल्कि आपने तो अभाव की मात्रा और बढ़ा दी है। यंत्रों की सहायता से 'दारिद्र्य-समस्या' का भी समाधान नहीं हो सकता। उनके द्वारा जीवन-संग्राम और भी तीव्र हो जाता है, प्रतियोगिता और भी बढ़ जाती है। जड़-प्रकृति का क्या कोई स्वतंत्र मूल्य है? कोई व्यक्ति यदि तार के माध्यम से बिजली का प्रवाह भेज सकता है तो आप उसी समय उसका स्मारक बनाने के लिए उद्यत हो जाते हैं। क्यों? क्या प्रकृति स्वयं यह कार्य लाखों बार नित्य नहीं करती, प्रकृति में सबकुछ पहले से ही विद्यमान नहीं है, आपको उसकी प्राप्ति हुई भी तो उससे क्या लाभ? वह तो पहले से ही वहाँ विद्यमान है। उसका एकमात्र मूल्य यही है कि वह हमें भीतर से उन्नत बनाता है। यह जगत् मानो एक व्यायाम-शाला के सदृश है, इसमें जीवात्मागण अपने-अपने कर्म द्वारा अपनी-अपनी उन्नति कर रहे हैं और इसी उन्नति के फलस्वरूप हम देवस्वरूप या ब्रह्मस्वरूप हो जाते हैं। अत: किस विषय में भगवान् का कितना प्रकाश है, यह जानकर ही उस विषय का मूल्य या सार निर्धारित करना चाहिए। सभ्यता का अर्थ है—मनुष्य में इसी ईश्वरत्व की अभिव्यक्ति।

**प्रश्न** : क्या बौद्धों में भी किसी प्रकार का जाति-विभाग है?

**उत्तर** : बौद्धों में कभी कोई जाति-विभाग नहीं था और भारत में बौद्धों की संख्या भी बहुत थोड़ी है। बुद्ध एक सुधारक थे। फिर भी मैंने बौद्ध देशों में देखा है, वहाँ जाति-विभाग की

सृष्टि करने के बहुत प्रयत्न होते रहे हैं, पर उसमें सफलता नहीं मिली। बौद्धों का जाति-विभाग वास्तव में नहीं जैसा ही है, परंतु मन-ही-मन वे स्वयं को उच्च जाति मानकर गर्व करते हैं।

"बुद्ध एक वेदांतवादी संन्यासी थे। उन्होंने एक नए संप्रदाय की स्थापना की थी, जैसे कि आजकल नए-नए संप्रदाय स्थापित होते हैं। जो सब भाव आजकल बौद्ध-धर्म के नाम से प्रचलित हैं, वे वास्तव में बुद्ध के अपने नहीं थे। वे तो उनसे भी बहुत प्राचीन थे। बुद्ध एक महापुरुष थे, उन्होंने इन भावों में शक्ति का संचार कर दिया था। बौद्ध-धर्म का सामाजिक भाव ही उसकी नवीनता है। ब्राह्मण और क्षत्रिय ही सदा से हमारे आचार्य रहे हैं। उपनिषदों में से अधिकांश तो क्षत्रियों द्वारा ही रचे गए हैं और वेदों का कर्मकांड भाग ब्राह्मणों द्वारा। समग्र भारत में हमारे जो बड़े-बड़े आचार्य हो गए हैं, उनमें से अधिकांश क्षत्रिय थे और उनके उपदेश भी बड़े उदार तथा सार्वजनीन हैं; परंतु केवल दो ब्राह्मण आचार्यों को छोड़कर शेष सब ब्राह्मण-आचार्य अनुदार भाव संपन्न थे। भगवान् के अवतार के रूप में पूजे जानेवाले राम, कृष्ण, बुद्ध, ये सभी क्षत्रिय थे।"

**प्रश्न** : वेदांत व्यक्तित्व और नीति की व्याख्या किस प्रकार करता है?

**उत्तर** : वह पूर्ण ब्रह्म ही यथार्थ अविभाज्य व्यक्तित्व है, माया द्वारा उसने पृथक्-पृथक् व्यक्ति के आकार धारण किए हैं। केवल ऊपर से ही इस इकाई का बोध हो रहा है, पर वास्तव में वह सदैव वही पूर्ण ब्रह्मरूप है। वास्तव में सत्ता एक ही है, पर माया के कारण वह विभिन्न रूपों में प्रतीत हो रही है। यह समस्त भेद-बोध माया में है, पर इस माया के भीतर भी

# जीवन-उद्देश्य

इन दोनों दृष्टियों में कुछ सत्य अवश्य है, किंतु दोनों ही दल भीतर की असली बात नहीं देखते।

प्रत्येक मनुष्य में एक भाव विद्यमान रहता है; बाह्य मनुष्य उसी भाव का प्रकाश मात्र, अर्थात् भाषा मात्र रहता है। इसी प्रकार, प्रत्येक जाति में एक जातीय भाव है। यह भाव जगत् के लिए कार्य करता है, वह संसार की स्थिति के लिए आवश्यक है। जिस दिन वह आवश्यकता भी चली जाएगी, उसी दिन उस जाति अथवा व्यक्ति का नाश हो जाएगा। इतने दुःख-दारिद्र्य में भी बाहर का उत्पात सहकर हम भारतवासी बचे हैं, इसका अर्थ यही है कि हमारा एक राष्ट्रीय भाव है, जो इस समय भी जगत् के लिए आवश्यक है। यूरोपियनों में भी उसी प्रकार राष्ट्रीय भाव है, जिसके न होने से संसार का काम नहीं चलेगा। इसीलिए वे आज इतने प्रबल हैं। बिल्कुल शक्तिहीन हो जाने से क्या मनुष्य बच सकता है? राष्ट्र तो व्यक्तियों की केवल समष्टि है। एकदम शक्तिहीन अथवा निष्कर्म होने से क्या राष्ट्र बचा रहेगा, हजारों वर्षों से नाना प्रकार की विपत्तियों से राष्ट्र क्यों नहीं मरा, यदि हमारी रीति-नीति इतनी खराब होती, तो हम लोग इतने दिनों में नष्ट क्यों नहीं हो गए, विदेशी विजेताओं की चेष्टाओं में क्या कसर रही है, तब भी सारे हिंदू मरकर नष्ट क्यों नहीं हो गए? अन्यान्य असभ्य देशों में भी तो ऐसा ही हुआ है। भारतीय प्रदेश ऐसे मानवजन-विहीन क्यों नहीं हो गए, क्योंकि विदेशी उसी समय यहाँ आकर खेती-बाड़ी करने लगते, जैसा कि ऑस्ट्रेलिया, अमेरिका तथा

अफ्रीका आदि में हुआ तथा हो रहा है ? तब हे विदेशी! तुम अपने को जितना बलवान समझते हो, वह केवल कल्पना ही है; भारत में भी बल है, सार है, इसे पहले समझ लो और यह भी समझो कि अब हमारे पास जगत् के सभ्यता-भंडार में जोड़ने के लिए कुछ है, इसीलिए हम बचे हैं। इसे तुम लोग भी अच्छी तरह समझ लो, जो भीतर-बाहर से साहब बने बैठे हो तथा यह कहकर रोते-चिल्लाते घूमते हो, "हम लोग नरपशु हैं, हे यूरोपवासी! तुम्हीं हमारा उद्धार करो।" यह कहते हुए हसन-हुसैन कर रहे हो कि ईसा आकर भारत में बैठे हैं। अजी, यहाँ ईसा भी नहीं आए, जिहोवा भी नहीं आए और न आएँगे ही। वे इस समय अपना घर सँभाल रहे हैं, हमारे देश में आने का उन्हें अवसर नहीं है। इस देश में वे ही बूढ़े शिवजी बैठे हैं, यहाँ कालीमाई बलि खाती है और बंसीधारी बंसी बजाते हैं। यह बूढ़े शिवजी साँड़ पर सवार होकर भारतवर्ष से एक ओर सुमात्रा, बोर्नियो, सेलिविस, ऑस्ट्रेलिया, अमेरिका के किनारे तक डमरू बजाते हुए एक समय घूमे थे; दूसरी ओर तिब्बत, चीन, जापान, साइबेरियापर्यंत बूढ़े शिवजी ने अपने बैल को चराया था और अब भी चराते हैं। ये महाबली हैं, जिनकी पूजा चीन, जापान में भी होती है, जिसे ईसा की माँ 'मेरी' समझकर ईसाई भी पूजा करते हैं। यह जो हिमालय पहाड़ है, उसके उत्तर में कैलाश है, वहाँ बूढ़े शिवजी का प्रधान अड्डा है। उस कैलाश को दस सिर और बीस हाथ वाला रावण भी नहीं हिला सका, फिर उसे हिलाना क्या पादरी-सादरी का काम है ? वे बूढ़े शिवजी डमरू बजाएँगे, महाकाली बलि खाएँगी और श्रीकृष्णजी बंसी बजाएँगे, यही इस देश में हमेशा होगा। यदि तुम्हें अच्छा नहीं लगता तो हट जाओ। तुम दो-चार लोगों के लिए क्या सारे देश को अपना हाड़ जलाना होगा, इतनी बड़ी दुनिया तो पड़ी ही है, कहीं दूसरी जगह जाकर क्यों नहीं चरते, ऐसा तो कर ही नहीं सकोगे, साहस कहाँ है ? इस बूढ़े शिवजी का अन्न खाएँगे, नमक-हरामी करेंगे और ईसा की जय मनाएँगे। धिक्कार है ऐसे लोगों को, जो साहबों के सामने जाकर गिड़गिड़ाते हैं कि हम अति नीच हैं, हम बहुत क्षुद्र हैं, हमारा सबकुछ खराब है, पर हाँ, यह बात तुम्हारे लिए ठीक हो सकती है, तुम लोग

अवश्य सत्यवादी हो, पर तुम 'अपने' भीतर सारे देश को क्यों जोड़ लेते हो, अरे भले मानसो, वह किस देश की भद्रता है?

## प्राच्य का उद्‌देश्य और धर्म

पहले यह समझना होगा कि ऐसा कोई गुण नहीं है, जिस पर किसी राष्ट्रविशेष का एकाधिकार हो, तब जिस प्रकार एक व्यक्ति में किसी गुण की प्रधानता होती है, वैसा ही राष्ट्र के संबंध में भी होता है।

हमारे देश में मोक्षप्राप्ति की इच्छा प्रधान है, पाश्चात्य देश में धर्म की प्रधानता है। हम मुक्ति चाहते हैं, वे धर्म चाहते हैं। यहाँ 'धर्म' शब्द का व्यवहार मीमांसकों के अर्थ में हुआ है। धर्म क्या है? धर्म वही है, जो इस लोक और परलोक में सुख-भोग की प्रवृत्ति दे। धर्म क्रियामूलक होता है। वह मनुष्य को रात-दिन सुख के पीछे दौड़ाता है तथा सुख के लिए काम कराता है।

'मोक्ष' किसे कहते हैं? मोक्ष वह है, जो यह सिखाता है कि इस लोक का सुख भी गुलामी है तथा परलोक का भी सुख वही है। इस प्रकृति के नियम के बाहर न तो यह लोक है और न परलोक ही। यह तो ऐसे ही हुआ, जैसे लोहे की जंजीर के स्थान पर सोने की जंजीर हो। फिर दूसरी बात यह है कि सुख प्रकृति के नियमानुसार नाशवान है, वह अंत तक नहीं ठहरेगा। अतएव मुक्ति की ही चेष्टा करनी चाहिए तथा मनुष्य को प्रकृति के बंधन के परे जाना चाहिए, दासत्व में रहने से काम नहीं चलेगा। यह मोक्ष-मार्ग केवल भारतवर्ष में है, अन्यत्र नहीं। इसलिए जो आपने सुना है कि मुक्त पुरुष भारतवर्ष में ही है, अन्यत्र नहीं, वह ठीक ही है, परंतु साथ-ही-साथ यह भी ठीक है कि आगे चलकर कभी दूसरे देशों में भी ऐसे लोग होंगे और हमारे लिए यह आनंद का विषय है।

## धर्मानुष्ठान से चित्तशुद्धि

पहले ही कह चुका हूँ कि 'धर्म' कार्यमूलक है। धार्मिक व्यक्ति का

लक्षण है, सदा कर्मशीलता। इतना ही क्या, अनेक मीमांसकों का मत है कि वेद के जिस प्रसंग में कार्य करने के लिए नहीं कहा गया है, वह प्रसंग वेद का अंग ही नहीं है।

**"आम्नायस्य क्रियार्थत्वात् आनर्थक्यम् अतदर्थानाम्।"**

"ॐकार का ध्यान करने से सब कामों की सिद्धि होती है, हरिनाम का जप करने से सब पापों का नाश होता है", "शरणागत होने पर सब पापों का नाश होता है।" शास्त्र की ये सारी बातें सत्य अवश्य हैं, किंतु देखा जाता है कि लाखों मनुष्य ॐकार का जप करते हैं; हरिनाम में मतवाले होते हैं, रात-दिन 'प्रभु जो करें' ही कहते हैं, पर उन्हें मिलता क्या है, तब समझना होगा कि किसका जप यथार्थ है, किसके मुँह में हरिनाम वज्रवत् अमोघ है, कौन सचमुच शरण में जा सकता है? कर्म करके ही जिसकी चित्तशुद्धि होती है, वही पुरुष धार्मिक है।

प्रत्येक जीवन शक्ति-प्रकाश का एक-एक केंद्र है। पूर्व कर्म-फल से वह शक्ति संचित हुई है, उसी को लेकर हम लांग जनमे हैं। जब तक वह शक्ति कार्यरूप में प्रकाशित नहीं होती, तब तक कहो तो कौन स्थिर रहेगा, कौन भोग का नाश करेगा, तब दुःखभोग की अपेक्षा क्या सुखभोग अच्छा नहीं, कुकर्म की अपेक्षा क्या सुकर्म अच्छा नहीं? पूज्यपाद श्रीरामप्रसाद ने कहा है, "अच्छी और बुरी दो बातें हैं, उनमें से अच्छी बातें करना ही उचित है।"

## हिंदू-दृष्टांत

तीन वर्तमान जातियों की तुलना कीजिए, जिनका इतिहास आप थोड़ा बहुत जानते हैं, वे हैं—फ्रांसीसी, अंग्रेज और हिंदू। राजनीतिक स्वाधीनता फ्रांसीसी जातीय चरित्र का मेरुदंड है। फ्रांसीसी प्रजा सब अत्याचारों को शांत भाव से सहन करती है। करों के भार से पीड़ा दीजिए, फिर भी चूँ तक न करेगी। सारे देश को जबरदस्ती सेना में भर्ती कर डालिए, पर कोई आपत्ति न की जाएगी, किंतु जब कोई उनकी स्वाधीनता में हस्तक्षेप करता है, तब

सारी जाति पागलों की तरह प्रतिघात करने लगती है। कोई व्यक्ति किसी के ऊपर जबरदस्ती अपना हुक्म नहीं चला सकता, यही फ्रांसीसियों के चरित्र का मूलमंत्र है। "ज्ञानी, मूर्ख, धनी, दरिद्र, उच्च वंशीय, नीच वंशज, सभी को राज्य के शासन और सामाजिक स्वाधीनता में समान अधिकार है।" इसके ऊपर हाथ डालनेवाले को ही इसका फल भोगना होगा।

अंग्रेज के चरित्र में व्यवसाय बुद्धि तथा आदान-प्रदान की प्रधानता है। अंग्रेजों की असल बात है—समान भाग, न्यायविभाग। अंग्रेज, राजा और कुलीन जाति के अधिकार को नतमस्तक होकर स्वीकार कर लेते हैं, परंतु यदि गाँठ में से पैसा बाहर करना हो तो वे हिसाब माँगते हैं। राजा है तो अच्छी बात है, उसका लोग आदर करेंगे; किंतु यदि राजा रुपया चाहे तो उनकी आवश्यकता और प्रयोजन के संबंध में हिसाब-किताब समझा-बूझा जाएगा, तब कहीं देने की बारी आएगी। राजा ने बलपूर्वक रुपया इकट्ठा करने की इच्छा से वहाँ विप्लव खड़ा कर दिया, उन लोगों ने राजा को मार डाला।

हिंदू कहते हैं कि राजनीतिक और सामाजिक स्वाधीनता बहुत अच्छी चीज है, किंतु वास्तविक चीज पारमार्थिक स्वाधीनता अर्थात् मुक्ति है। यही जातीय जीवन का उद्देश्य है। वैदिक, जैन, बौद्ध, द्वैत, विशिष्टाद्वैत और अद्वैत, सभी इस संबंध में एकमत हैं। इसमें हाथ न लगाना, नहीं तो सर्वनाश हो जाएगा। इसे छोड़कर और चाहे जो कुछ करो, हिंदू चुप रहेंगे। लाठी मारो, काला कहो, सर्वस्व छीन लो, इससे आता-जाता कुछ नहीं, किंतु उस दरवाजे को छोड़ दो। यही देखो, वर्तमान काल में पठान लोग आते-जाते थे, कोई स्थिर होकर राज्य नहीं कर सका, क्योंकि हिंदुओं के धर्म पर वे बराबर आघात करते रहे, परंतु मुगलों ने इस स्थान पर आघात नहीं किया। हिंदू ही तो मुगलों के सिंहासन के आधार थे। जहाँगीर, शाहजहाँ, दारा शिकोह आदि सभी की माताएँ हिंदू थीं और देखो खूसट औरंगजेब ने जैसे ही पुनः इसी स्थान पर आघात किया, वैसे ही इतना बड़ा मुगल राज्य स्वप्न की तरह हवा हो गया। अंग्रेजों का यह सुदृढ़ सिंहासन किस चीज के ऊपर प्रतिष्ठित है? कारण यही है कि किसी भी अवस्था में अंग्रेज उस धर्म में हस्तक्षेप नहीं

करते। पादरी-पुंगवों ने थोड़ा-बहुत हाथ डालकर ही तो सन् 1857 में हंगामा उपस्थित किया था। अंग्रेज जब तक इसको अच्छी तरह समझते तथा इसका पालन करते रहेंगे, तब तक उनके लिए 'तख्त ताज अचल राजधानी'। विज्ञ बहुदर्शी अंग्रेज भी इस बात को समझते हैं। लॉर्ड रॉबर्ट्स की 'भारतवर्ष में 41 वर्ष' नामक पुस्तक पढ़ देखिए।

अब आप समझ सकते हैं कि उस राक्षसी का प्राण पखेरू कहाँ है ? वह धर्म में है। उसका नाश कोई नहीं कर सका, इसीलिए इतनी आपद-विपद को झेलते हुए भी राष्ट्र अभी तक बचा है। अच्छा, एक भारतीय विद्वान् ने पूछा कि इसी राष्ट्र के प्राण को धर्म में रखने की क्या आवश्यकता है ? इसे सामाजिक या राजनीतिक स्वतंत्रता में क्यों न रखा जाए, जैसा कि दूसरे राष्ट्रों में होता है। ऐसी बात कहना तो बड़ा सरल है। यदि तर्क करने के लिए यह मान लें कि धर्म-कर्म सब मिथ्या है, झूठ है, तो क्या होगा, इस पर विचार कीजिए। अग्नि तो एक ही होती है, पर प्रकाश विभिन्न होता है। उसी एक महाशक्ति का फ्रांसीसियों में राजनीतिक स्वाधीनता के रूप में, अंग्रेजों में वाणिज्य-विस्तार के रूप में और हिंदुओं के हृदय में मुक्तिलाभ की इच्छा के रूप में विकास हुआ है, किंतु इसी महाशक्ति की प्रेरणा से कई शताब्दियों से नाना प्रकार के सुख-दुःखों को झेलते हुए फ्रांसीसी और अंग्रेजी चरित्र गठित हुआ है और उसी की प्रेरणा से लाखों शताब्दियों के आवर्तन में हिंदुओं के जातीय (अर्थात् राष्ट्रीय) चरित्र का विकास हुआ है। अब मैं जानना चाहता हूँ कि लाखों वर्षों के हमारे स्वभाव को छोड़ना सरल है अथवा दो सौ, पाँच सौ वर्ष के आपके विदेशी स्वभाव को छोड़ना ? अंग्रेज धर्मप्राण क्यों नहीं हो जाते, वे मार-काट छोड़कर शांत-शिष्ट होकर क्यों नहीं बैठते ?

□

# भारत के जातीय जीवन की प्रतिष्ठा

वास्तविक बात यह है कि जो नदी, पहाड़ से एक हजार कोस नीचे उतर आई हो, वह क्या फिर पहाड़ पर जाएगी या जा सकेगी? यदि वह जाने की चेष्टा भी करे तो परिणाम यही होगा कि इधर-उधर जाकर वह सूख जाएगी। वह नदी चाहे जैसी हो, समुद्र में जाएगी ही, चाहे दो दिन पहले या दो दिन बाद, दो अच्छी जगहों से होकर अथवा दो गंदी जगहों से गुजरकर। यदि हमारे इस दस हजार वर्षों के जातीय जीवन में भूल हुई है तो इस समय अब तो और कोई उपाय है ही नहीं। इस समय यदि नए चरित्र का गठन करने लगे तो मरने के सिवा और कोई चारा नहीं।

किंतु यदि कोई ऐसा सोचे कि यह आपादमस्तक भूल है, तो क्षमा करना यह निर्बुद्धियों की बात है। पहले देश-विदेश में जाओ, अनेक देशों की अवस्था को अच्छी तरह परखो, अपनी आँखों से देखो, दूसरों की आँखों से नहीं, फिर यदि मस्तिष्क हो तो उन पर विचार करो, फिर अपने शास्त्रों और पुराने साहित्य को पढ़ो और समस्त भारत के देश-देशांतर को अच्छी तरह देखो, बुद्धिमान-ज्ञानी की दृष्टि से देखो, हद दर्जे के बेवकूफों की नजरों से नहीं, तब देख पाओगे कि राष्ट्र ठीक जिंदा है, प्राणों की धड़कन चल रही है, ऊपर केवल राख की परत जम गई है और देखोगे कि इस देश का प्राण धर्म है, भाषा धर्म है तथा भाव धर्म है। आपकी राजनीति, समाज नीति, रास्ते की सफाई, प्लेग निवारण, दुर्भिक्ष-पीड़ितों को अन्नदान आदि यह सब चिरकाल से इस देश में जैसे हुआ है, वैसी ही होगा, अर्थात् धर्म के द्वारा यदि होगा तो होगा, अन्यथा नहीं। आपके रोने-चिलाने का कुछ भी असर न होगा।

## मनुष्य बनिए

मेरे मित्रो! पहले मनुष्य बनिए, तब आप देखेंगे कि वे सब बाकी चीजें धड़धड़ाते स्वयं आपका अनुसरण करेंगी। आवारा कुत्तों जैसे परस्पर के घृणित द्वेषभाव को छोड़िए और सदुद्देश्य, सदुपाय, सत्साहस एवं सद्वीर्य का अवलंबन कीजिए। मनुष्य योनि में यदि जनमे हो तो एक निशानी रख जाइए।

**कविरा आए जगत् में, जगत् हँसे तुम रोये।**
**ऐसी करनी कर चलो, आप हँसे जग रोये।।**

ऐसा हो, तभी तो तुम मनुष्य हो, अन्यथा तुम कैसे मनुष्य हो?

## पाश्चात्य जाति के गुण

मेरे मित्रो! एक बात और समझो। हमें अवश्य ही अन्यान्य जातियों से बहुत कुछ सीखना है। जो मनुष्य कहता है कि हमें कुछ नहीं सीखना है, समझ लो कि वह मृत्यु की राह पर है। जो जाति कहती है कि हम सर्वज्ञ हैं, उसकी अवनति के दिन बहुत निकट हैं। 'जितने दिन जीता रहूँ, उतने दिन सीखूँ!' फिर भी इतना देखो कि चीज को अपने साँचे में ढाल लेना है। अपने असल तत्त्व को सदा बचाकर फिर बाकी चीजें सीखनी होंगी। खाना तो सब देशों में एक ही है, पर हम पैर समेटकर बैठकर खाते हैं और यूरोपीय पैर लटकाकर बैठे हुए खाते हैं। अब मान लो कि मैं उन्हीं की तरह पका खाना खाता हूँ, तो क्या मुझे भी उन्हें की तरह टाँग लटकाकर बैठना पड़ेगा? ऐसा होने से तो निश्चय ही मेरी टाँग यम के गृह की ओर प्रस्थान करेगी। इस तीक्ष्ण वेदनाबोध से जो प्राण जाएगा, उसका क्या होगा? इसलिए हमें उनका भोजन पैर समेटकर ही खाना होगा। इसी प्रकार, जो कुछ भी विदेशी बातें सीखनी होंगी, उन्हें अपनी बनाकर, पैर समेटकर, अपने राष्ट्रीय चरित्र की रक्षा कर, तब सीखनी होंगी। मैं जानता हूँ कि क्या कपड़ा मनुष्य हो जाता है अथवा मनुष्य कपड़ा पहनता है? शक्तिमान पुरुष चाहे जैसी पोशाक क्यों न पहने, लोग उसका आदर करेंगे, पर मेरे जैसे अहमक को धोबी की गठरी कंधे पर लेकर फिरने से भी कोई नहीं पूछता।

अब भूमिका बहुत बड़ी हो गई, पर इसे आरंभ से दोनों जातियों की तुलना

करना सरल हो जाएगा। वे भी अच्छे हैं और हम भी अच्छे हैं। "काको बंदौ, काको निंदौ, दोनों पल्ला भारी।" हाँ, यह अवश्य है कि भले की भी श्रेणियाँ हैं।

हमारे विचार से तीन चीजों से मनुष्य का संगठन होता है—शरीर, मन और आत्मा। पहले शरीर की बात लीजिए, जो सबसे बाहरी चीज है।

पहले देखिए, शरीर-शरीर में कितना भेद है, नाक, मुँह, गढ़न, लंबाई-चौड़ाई, रंग, केश आदि में कितनी विभिन्नताएँ हैं।

## वर्णभेद का कारण

आधुनिक पंडितों का विचार है कि रंग की भिन्नता वर्णसंकरता से उपस्थित होती है। गरम देश और ठंडे देश के भेद से कुछ भिन्नता जरूर होती है; किंतु काले और गोरे का असली कारण पैतृक है। बहुत ठंडे देशों में भी काले रंग की जातियाँ देखी जाती हैं एवं अत्यंत उष्ण प्रदेश में भी खूब गोरी जाति बसती है। कनाडा निवासी अमेरिका के आदिम मनुष्य और उत्तरी ध्रुव प्रदेश के निवासियों एस्कीमो इत्यादि का रंग खूब काला है, फिर महाविषुवत्-रेखा पर स्थित द्वीपों में भी गोरे रंग की आदिम जातियों का वास है। बोर्नियो, सेलिबिस इत्यादि द्वीप-समूह इसके उदाहरण हैं।

## मौलिकता का अभाव

यह संसार है, न तेरा, न मेरा। क्या कोई किसी की प्रतीक्षा करता है? वे दस नेत्रों से देखते हैं, दो सौ हाथों से कड़ी मेहनत कर रहे हैं और हम लोग कहते हैं, "गोसाईजी ने पोथी में जो नहीं लिखा, वह कभी नहीं करूँगा", करने की शक्ति भी चली गई है। अन्न के बिना हाहाकार मच रहा है, पर दोष किसका? इसके प्रतिकार की चेष्टा तो कुछ है नहीं, खाली चीत्कार हो रहा है। बस घर के कोने से बाहर निकलो तो सही। दुनिया क्या है, अच्छी तरह से देखो न। अपने आप बुद्धि आएगी। देवासुर का किस्सा तो आप जानते ही हैं। देवता आस्तिक थे, उन्हें आत्मा में विश्वास था, ईश्वर और परलोक में विश्वास करते थे। असुरों का कहना था कि इहलोक, पृथ्वी का भोग करो, इस शरीर

को सुखी रखो। इस समय यह बात नहीं हो रही कि देवता अच्छे या असुर अच्छे, पर देखता हूँ कि पुराणों में वर्णित असुर ही तो मनुष्यों की तरह के थे, देवता तो अनेक अंशों में हीन थे। अब यदि यह समझो कि तुम देवताओं की तथा पाश्चात्य देशवासी असुरों की संतान हैं, तो प्राच्य और पाश्चात्य का अर्थ अच्छी तरह समझ पाओगे।

## शरीर शुद्धि

पहले शरीर की ही बात लो। बाह्य और आभ्यंतरिक शुद्धि की पवित्रता है। मिट्टी, जल आदि द्वारा शरीर शुद्ध होता है, अच्छी बात है। दुनिया की ऐसी कोई जाति नहीं है, जिसका शरीर हिंदुओं के सदृश साफ हो। हिंदुओं के अतिरिक्त और किसी भी जाति के लोग जल-शौचादि नहीं करते। चीनियों ने पाश्चात्यों को कागज-व्यवहार करना सिखाया है, कुछ तो बचाव हुआ। स्नान पूछिए तो नहीं के बराबर है। अब भारत में आने के कारण अंग्रेजों ने अपने देश में स्नान करने की प्रथा चलाई है। तो भी, जो विद्यार्थी विलायत से पढ़कर लौटे हैं, उनसे पूछिए कि वहाँ स्नान करने में कितना कष्ट है। जो लोग स्नान करते हैं, अर्थात् सप्ताह में एक दिन वह भी, वे उसी दिन भीतर पहनने का कपड़ा (गंजी, अधबहियाँ आदि) बदलते हैं। अवश्य ही, अब कुछ अमीर लोग नित्य स्नान करते हैं। अमेरिकी कुछ अधिक करते हैं। जर्मनीवाले कभी-कभार, फ्रांसीसी आदि तो कस्मिनकाले भी नहीं। स्पेन, इटली आदि गरम देश हैं, वे लोग तो और भी नहीं करते, ढेर सारा लहसुन खाकर दिन-रात पसीने से लथपथ रहते हैं, पर सात जन्म जल-स्पर्श भी नहीं होता। उनके शरीर की दुर्गंध से भूतों के भी चौदह पुरखे भाग जाएँगे, भूत तो बच्चे हैं! उनके स्नान करने का क्या अर्थ है ? मुँह, सिर, हाथ धोना, जो अंग बाहर दिखलाई पड़ते हैं और क्या! पैरिस, पैरिस सभ्यता की राजधानी, रंग-ढंग, भोग-विलास का भूस्वर्ग पेरिस, विद्या-शिल्प का केंद्र पेरिस, उसी पेरिस में एक बार मेरे एक बड़े धनी मित्र बुलाकर ले गए। एक प्रासाद के समान होटल में उन्होंने मुझे ठहराया। राजाओं जैसा खाना मिलता था, किंतु स्नान का नाम भी नहीं था। दो दिन चुपचाप सहा,

फिर नहीं सहा गया। तब मित्र से कहना पड़ा, "भाई! तुम्हारा यह राजभोग तुम्हें ही मुबारक हो। अब जान बचे तो लाखों पाऊँ, यह भीषण गरमी और स्नान करने का कोई ठिकाना ही नहीं; पागल कुत्ते जैसी मेरी दशा हो रही है।" तब मेरे मित्र बहुत दु:खी होकर नाराजगी से बोले, "ऐसे होटल में नहीं रहेंगे, चलो अच्छी जगह खोज लें।"

बारह प्रधान होटल देखे गए, पर स्नान करने का प्रबंध कहीं नहीं था, अलग स्नान करने के स्थान थे, जहाँ एक बार चार-पाँच रुपया देकर स्नान किया जा सकता था। हरि बोल हरि! उसी दिन शाम को मैंने एक अखबार में पढ़ा कि एक बुढ़िया स्नान करने के लिए हौज में बैठी और वहीं मर गई! अब देखो, जीवन में प्रथम बार ही बुढ़िया के अंग का जल से स्पर्श होते ही बुढ़िया पछाड़ खा गई! इस बात में कोई अतिशयोक्ति नहीं है। रूसवाले तो सर्वथा असल म्लेच्छ हैं, तिब्बत से ही म्लेच्छता आरंभ हो जाती है। अमेरिका के प्रत्येक निवास-गृह में अवश्य ही स्नानागार और नल रहता है।

किंतु अंतर देखिए, हम किसलिए स्नान करते हैं, अधर्म के भय से। पाश्चात्य लोग स्वच्छता के लिए हाथ-मुँह धोते हैं। सिर्फ ऊपर पानी उड़ेल लेने से ही हमारा काम चल जाता है, फिर चाहे तेल ही चिप-चिप करे तथा मैल भी लगी रहे और देखा, दाक्षिणात्य भाई लोग स्नान करके इतना लंबा-चौड़ा तिलक लगाते हैं कि उसे झाँवे से भी घिसकर साफ करना जरा टेढ़ी खीर है। हमारे स्नान करने की प्रथा बड़ी सरल है, कहीं भी डुबकी मार लेने से काम चल जाता है, किंतु पाश्चात्य देशों में ऐसा नहीं है। उन्हें एक गाँठ कपड़ा ही खोलना पड़ता है, फिर उनके (कपड़ों के) बंधनों का तो कहना ही क्या? हमें शरीर दिखलाने में कोई लज्जा नहीं है, उनके लिए यह है। फिर भी पुरुष-पुरुष में किंचित् भी संकोच नहीं है, बाप बेटे के सामने निर्वस्त्र हो जाए तो कोई दोष नहीं, पर स्त्रियों के सामने सिर से पैर तक कपड़ा पहनना ही होगा।

'बहिराचार', अर्थात् साफ-सुथरा रहना, अन्यान्य आचारों की तरह कभी-कभी अत्याचार या अनाचार हो जाता है। यूरोपियन कहते हैं कि शरीर-संबंधी सब कार्य बहुत गुप्त रूप से करने चाहिए। बात बहुत ठीक है। शौच

आदि की बात दूर रहे, लोगों के सामने थूकना भी बहुत अशिष्टता है। खाकर सबके सामने मुँह धोना बड़ी लज्जा की बात है, क्योंकि तब कुल्ला भी करना पड़ता है। लोकलज्जा के भय से खा-पीकर चुपचाप मुँह पोंछकर बैठ जाइए, इसका परिणाम दाँतों का सर्वनाश है। यह है, सभ्यता के भय से अनाचार। दूसरी ओर हम लोग रास्ते में बैठकर दुनिया के लोगों के सामने मुँह धोते हैं, दाँत साफ करते हैं, कुल्ला करते हैं, यह अत्याचार है। अवश्य ही, ये सब काम आड़ में करने चाहिए, किंतु न करना भी अनुचित है।

फिर देश-भेद के कारण जो कार्य अनिवार्य हैं, उन्हें समाज सह लेता है। हमारे जैसे गरम देश में भोजन करने के समय हम आधा घड़ा पानी पी डालते हैं, फिर हम न डकारें तो क्या करें? किंतु पाश्चात्य देशों में डकारना बहुत असभ्य काम है, पर खाते-खाते जेब से रुमाल निकालकर यदि नाक साफ की जाए, तो कोई हर्ज नहीं, किंतु हमारे देश में यह बड़ी घृणित बात है। ठंडे देशों में बीच-बीच में नाक साफ किए बिना बैठा ही नहीं जा सकता।

हम लोग मैले से अत्यंत घृणा करते हुए भी बहुधा मैले रहते हैं। हमको मैले से इतनी घृणा है कि जिसने मैला छुआ, उसे स्नान करना पड़ेगा। इसी भय से दरवाजे पर मैली स्तूपाकृति को हम सड़ने देते हैं। सिर्फ ध्यान इस बात का रहता है कि हम उसे छूते तो नहीं, पर इधर जो नरक-कुंड का वास होता है, उसका क्या? एक अनाचार के भय से दूसरा महा घोर अनाचार! एक पाप से बचने के लिए दूसरा गुरुतर पाप करते हैं। जो अपने घर में कूड़े का ढेर रखता है, वह अवश्य ही पापी है, इसमें संदेह ही क्या है। उसका दंड भोगने के लिए उसे न तो दूसरा जन्म लेने की आवश्यकता होगी और न बहुत देर तक ठहरना ही पड़ेगा।

## आहार की तुलना

हम लोगों जैसा सफाई से रसोई पकाना कहीं भी नहीं है, परंतु विलायती भोजन-पद्धति की तरह हमार तरीका साफ नहीं है। हमारी रसोइन स्नान करती है, कपड़ा बदलती है, बरतन-भाँड़ा, चूल्हा-चौका सब धो-माँजकर साफ

करती है; नाक, मुँह या शरीर में हाथ छू जाने से उसी समय हाथ धोकर तभी खाद्य पदार्थ में हाथ लगाती है। विलायती रसोइन के तो चौदह पुरखों ने भी कभी स्नान नहीं किया होगा। पकाते-पकाते चखती है और फिर उसी चमचे को हंडी में डुबोती है। वमन की नकल करते-करते रूमाल निकालकर फों करके सिनकती है और फिर उसी हाथ से मैदा सानती है। पाखाने से आकर, शौच में कागज का व्यवहार करके हाथ धोने का नाम भी नहीं, बस उसी हाथ से भोजन पकाने लग जाती है, किंतु वह पहनती है, चमचमाते सफेद वस्त्र और टोपी। एक खूब बड़े लकड़ी की नाँद में नंगे होकर ढेर सारे मैदे पर नाचते हैं, मैदा साना जा रहा है न। गरमी का मौसम, सारे शरीर का पसीना पैरों से होकर झर-झर बहकर उसी मैदे में जाता है। फिर जब उसकी रोटी तैयार हुई, तब दूध के झाग जैसे साफ तौलिए पर चीनी के बरतन में सज्जित होकर साफ चद्दर बिछी हुए टेबल पर, साफ कपड़े पहने हुए, कुहनी तक हाथ में सफेद दस्ताना चढ़ाए हुए नौकर लाकर सामने रख देता है। कहीं कोई चीज हाथ से छूनी न पड़े, इसीलिए कुहनी तक दस्ताना होता है।

हम लोगों के यहाँ स्नान किए हुए ब्राह्मण-रसोइया, साफ-सुथरे बरतन में साफ-सुथरी हंडी में शुद्ध होकर पकाते हैं और गोबर से लिपी हुई जमीन पर अन्न-व्यंजन से भरी थाली रखते हैं; ब्राह्मण-रसोइए के कपड़े से खुरचने पर मैल निकल आएगी। ऐसा भी हो सकता है कि केले का पत्ता फटा होने से मिट्टी, मैला, गोबर तथा तरकारी का रस एकाकार होकर एक अपूर्व आस्वाद उपस्थित करे।

हम लोग अच्छी तरह से स्नान करके, तेल से सना कपड़ा पहनते हैं और यूरोप में मैले शरीर पर बिना स्नान किए खूब साफ-सुथरी पोशाक पहनी जाती है। इसे ही अच्छी तरह समझो, यहीं पर जमीन-आसमान का अंतर है। हिंदुओं की वह जो अंतर्दृष्टि है, वह सब काम की है। हिंदू गुदड़ी में कोहिनूर रखते हैं, विलायत वाले सोने के बॉक्स में मिट्टी का ढेला रखते हैं। हिंदुओं का शरीर साफ होने से ही काम चल जाता है, कपड़ा चाहे जैसा ही क्यों न हो। विलायतवालों का कपड़ा साफ होने से ही काम चलता है, चाहे

शरीर पर मैला ही क्यों न रहे। हिंदुओं का घर-द्वार धो-पोंछकर साफ रहता है, उसके बाहर चाहे नरक-कुंड ही क्यों न हो। विलायतवालों के फर्श पर झकझकाती कारपेट (एक प्रकार की दरी) पड़ी रहती है, मैला सब ढका रहने से ही काम चल जाता है। हिंदुओं का पनाला रास्ते पर रहता है, दुर्गंध से कोई अंतर नहीं पड़ता। विलायतवालों का पनाला रास्ते के नीचे रहता है, जो आंत्रज्वर (टाइफायड) का घर है। हिंदू भीतर साफ रखते हैं। विलायती बाहर साफ रखते हैं।

चाहिए क्या? साफ शरीर पर साफ कपड़े पहनना। मुँह धोना, दाँत माँजना, सब चाहिए, पर गोपन में। घर साफ चाहिए। रास्ता-घाट भी साफ हो। साफ रसोइन, साफ हाथों से भोजन पके, साफ-सुथरे मनोरम स्थान में साफ किए हुए बरतन में खाना चाहिए।

**"आचारः परमो धर्मः।"**

आचार पहला धर्म है। आचार की पहली बात है, सब प्रकार से साफ-सुथरा रहना। आचारभ्रष्ट से क्या कभी धर्म होता है, अनाचारी का दुःख नहीं देखते हो, देखकर भी नहीं सीखते हो? इतनी महामारी, हैजा, मलेरिया होता है, इसमें किसका दोष है? हमारा ही दोष है, हम महा अनाचारी हैं।

आचार शुद्ध होने से मन शुद्ध होता है, मन शुद्ध होने से आत्मा संबंधी अचला स्मृति होती है, इस शास्त्र वाक्य को हमारे देश के सभी संप्रदायों ने माना है। फिर भी शंकराचार्य के मत से आहार शब्द का अर्थ 'इंद्रिय' और रामानुजाचार्य के मत से 'भोज्य द्रव्य' है। सर्ववादी-समस्त सिद्धांत यही है कि दोनों ही अर्थ ठीक हैं। विशुद्ध आहार न होने से सब इंद्रियाँ ठीक-ठीक काम कैसे करेंगी? खराब आहार से सब इंद्रियों की ग्रहण-शक्ति का हास और विपर्यय हो जाता है, यह बात सब को विदित है। अजीर्ण दोष से एक चीज को दूसरी समझकर भ्रम होता है और आहार के अभाव से दृष्टि आदि शक्तियों का ह्रास होता है, यह भी सब जानते हैं। इसी तरह कोई विशेष भोजन, किसी विशेष शारीरिक एवं मानसिक अवस्था को उपस्थित करता है, यह भी कई बार सिद्ध हो चुका है। हमारे समाज में खाद्य-अखाद्य के बारे में

जो इतनी माथापच्ची है, उसकी जड़ में भी यही तत्त्व है, यद्यपि हम अनेक विषयों की मुख्य वस्तु को भूलकर सिर्फ छिलके को ही लेकर बहुत कुछ उछल-कूद मचाते हैं।

रामानुजाचार्य ने खाद्य पदार्थ के संबंध में तीन दोषों से बचने के लिए कहा है। जाति-दोष, अर्थात् जो दोष खाद्य पदार्थ का जातिगत हो, जैसे प्याज, लहसुन आदि उत्तेजक पदार्थ खाने से मन में अस्थिरता आती है, अर्थात् बुद्धि भ्रष्ट होती है। आश्रय-दोष व्यक्तिविशेष के स्पर्श से आता है। दुष्ट लोगों का अन्न खाने से ही दुष्ट बुद्धि होगी ही और भले आदमी का अन्न खाने से सद्बुद्धि इत्यादि। निमित्त-दोष, अर्थात् मैला, दूषित, केड़े, केशयुक्त अन्न खाने से भी मन अपवित्र होता है। इनमें से जाति-दोष और निमित्त-दोष से बचने की चेष्टा सभी कर सकते हैं, किंतु आश्रय-दोष से बचना सबके लिए सहज नहीं है। इसी आश्रय-दोष से बचने के लिए ही हमारे देश में छुआछूत का विचार है। तथापि अनेक स्थानों पर इसका उल्टा अर्थ लगाया जाता है और असली अभिप्राय न समझने से यह एक किंभूतकिमाकार (अर्थात् अजीबोगरीब एवं कुत्सित) कुसंस्कार भी हो गया है। यहाँ लोकाचार को छोड़कर लोकमान्य महापुरुषों के ही आचार ग्रहणीय हैं। श्रीचैतन्यदेव आदि जगद्गुरुओं के जीवन-चरित्र को पढ़कर देखिए, वे लोग इस संबंध में क्या व्यवहार कर गए हैं। जाति-दोष से दूषित अन्न के संबंध में भारतवर्ष जैसा शिक्षा-स्थल पृथ्वी पर इस समय और कहीं नहीं है। समस्त संसार में हमारे देश के सदृश पवित्र द्रव्यों का आहार करनेवाला और दूसरा कोई भी देश नहीं है। निमित्त-दोष के संबंध में इस समय बड़ी भयानक अवस्था उपस्थित हो गई है। हलवाइयों की दुकान, बाजार में खाना, आदि सब कितना महा अपवित्र है, देखते ही हो। अनेक प्रकार के निमित्त-दोष से दूषित वहाँ के कपड़े और सामग्रियाँ होती हैं। इसका फल यही है, जो घर-घर में अजीर्ण होता है, वह इसी हलवाई की दुकान और बाजार में खाने का फल है। यह जो पेशाब की बीमारी का प्रकोप है, वह भी हलवाई की दुकान का फल है। गाँव के लोगों को तो अजीर्ण और पेशाब की इतनी बीमारी नहीं होती। इसका

प्रधान कारण है—पूरी, कचौड़ी आदि 'विष-लड्डुओं' का अभाव। इस बात को आगे चलकर अच्छी तरह कहूँगा।

### खाद्य पदार्थ

तली हुई चीजें असली ज़हर हैं। हलवाई की दुकान यम का घर है। घी-तेल गरम देश में जितना कम खाया जाए, उतनी ही अच्छा है। घी की अपेक्षा मक्खन जल्दी हज्म होता है। मैदे में कुछ भी नहीं है, देखने ही में सफेद है। समस्त गेहूँ का भाग जिसमें हो, वही आटा सुखाद्य है। हमारे बंगाल देश के लिए अभी भी दूर के छोटे-छोटे गाँवों में जो समस्त आहारों का बंदोबस्त है, वही प्रशंसनीय है। किस प्राचीन बंगाली कवि ने पूरी-कचौड़ी का वर्णन किया है? यह पूरी-कचौड़ी तो पश्चिम से आई है, वहाँ भी लोग कभी-कभार ही उन्हें खाते हैं, हर रोज 'पक्की रसोई' खानेवालों को तो मैंने नहीं देखा है। मथुरा के कुश्तीबाज चौबेजी पूरी-लड्डू पसंद करते हैं, दो-चार ही वर्षों में चौबेजी के हाजमे का सर्वनाश होता है और चौबेजी चूरण खा-खाकर मरते हैं।

गरीबों को भोजन नहीं मिलता, इसलिए वे भूखे ही मरते हैं और धनी अखाद्य खाकर अनाहार मरते हैं। पेट में अंटसंट भरने की अपेक्षा उपवास ही अच्छा है। हलवाई की दुकान में खाने की वस्तुओं में खाद्य (अर्थात् पुष्टिकर) कुछ भी नहीं है, वहाँ तो एकदम उल्टा है—विष, विष, विष। पहले लोग कभी-कभार इस पाप को खाते थे; इस समय तो शहर के लोग, विशेषकर वे परदेशी, जो शहर में वास करते हैं, उनका नित्य भोजन यही है। इनसे अजीर्ण होकर यदि अकाल मृत्यु हो जाए, तो इसमें आश्चर्य ही क्या है? भूख लग जाने पर भी इस कचौड़ी-जलेबी को नाले में फेंककर एक पैसे की 'लाई' मोल लेकर खाइए। किफायत भी होगी और कुछ खाया, ऐसा भी होगा। भात, दाल, आटे की रोटी, मछली, तरकारी और दूध यथेष्ट भोजन है, किंतु दाल दक्षिणियों जैसी खाना उचित है, अर्थात् दाल का सिर्फ पानी ही लेना और बाकी सब गाय को दे देना चाहिए। यदि पैसा हो तो मांस भी खा सकते हो, किंतु भिन्न-भिन्न प्रकार के पश्चिमी मसालों को बिना मिलाए मांस खाना

चाहिए। मसाला खाने की चीज नहीं है, केवल आदत के ही कारण हम उसे खाते हैं। दाल बहुत पुष्टिकर खाद्य है, किंतु बहुत देर में हजम होती है। हरी मटर की दाल बहुत ही जल्द हजम होती है और खाने में भी बहुत स्वादिष्ट होती है। पेरिस राजधानी में हरी मटर का 'सूप' बहुत विख्यात है। कच्ची मटर की दाल को खूब पकाकर फिर उसे पीसकर जल में घोल दो। फिर एक दूध छानने की छन्नी की तरह की तार की चलनी से छान लेने से ही भूसी वगैरह निकल जाएगी। इसके बाद हल्दी, मिर्च, धनिया, जीरा, काली मिर्च तथा और जो चीजें डालनी हों, उन्हें डालकर छौंक लेने से उत्तम, स्वादिष्ट सुपाच्य दाल बन जाती है। यदि मांसाहारी उसमें मछली या बकरे का सिर डाल दें तो वह स्वादिष्ट हो जाएगी।

देश में पेशाब की बीमारी की जो इतनी धूम है, उसका अधिकांश कारण अजीर्ण ही है; यह दो-चार आदमियों को अधिक मानसिक तनाव से होती है; बाकी सबको बदहजमी से। खाने का अर्थ क्या पेट भरना ही है? जितना हज्म हो जाए, उतना ही खाना चाहिए। तोंद का लटकना बदहज्मी का पहला चिह्न है। सूख जाना या मोटा होना, दोनों ही बदहज्मी से है। पैर का मांस लोहे की तरह सख्त होना चाहिए। पेशाब में चीनी या सफेदी दिखलाई पड़ते ही भौचक्के होकर मत बैठ जाओ। यह सब हमारे देश में कुछ भी नहीं है। उसे किसी गिनती में ही मत लाना। भोजन की ओर खूब ध्यान दो, जिससे अजीर्ण न हो। जहाँ तक संभव हो, खुली हवा में रहो। खूब घूमो और परिश्रम करो। जैसे हो, छुट्टी लेकर बदरिकाश्रम की तीर्थयात्रा करो। हरिद्वार से पैदल 100 कोस चलकर पहाड़ चढ़कर बदरिकाश्रम एक बार जाने और लौटने से ही वह पेशाब की बीमारी न जाने कहाँ भाग जाएगी। डॉक्टर-फॉक्टर को पास मत फटकने दो। उनमें से अधिकांश ऐसे हैं कि 'अच्छा तो कर नहीं सकूँगा, खराब कर दूँगा, कितना दोगे, बोलो।' हो सके तो दवा बिल्कुल मत खाओ। रोग से यदि एक आना मरते हैं, तो औषधि खाकर पंद्रह आना मरते हैं। हो सके तो हर साल दुर्गापूजा की छुट्टी में पैदल घर जाओ। धनी होना और आलसियों का बादशाह बनना इस देश में एक ही बात समझी जा रही

है। जिसको पकड़कर चलाना पड़े, खिलाना पड़े, वह तो जीवित रोगी है, हतभाग्य है। जो पूरी की परत को छीलकर खाते हैं, वे तो मानो मर गए हैं। जो एक साँस में दस कोस पैदल नहीं चल सकता, वह आदमी नहीं, केंचुआ है। यदि रोग अकाल मृत्यु बुला दे, तो कोई क्या करेगा?

और फिर वह जो पाव-रोटी है, वह भी विष ही है, उसको बिल्कुल मत छूना। खमीर मिलाने से मैदा कुछ-का-कुछ हो जाता है। कोई खमीरदार चीज मत खाना। इस संबंध में हम लोगों के शास्त्रों में, जो सब प्रकार की खमीरदार चीजों को खाने का निषेध है, वह बिल्कुल ठीक है। शास्त्र में जो कोई मीठी चीज खट्टी हो जाए, उसे 'सूक्त' कहते हैं। दही को छोड़कर इन सभी चीजों के खाने का निषेध है। दही बहुत ही उपादेय तथा अच्छी चीज है। यदि पाव-रोटी खानी ही पड़े तो उसे दुबारा आग पर खूब सेंककर फिर खाओ। अशुद्ध जल और अशुद्ध भोजन रोग का घर है। अमेरिका में इस समय जल-शुद्धि की बड़ी धूम है। फिल्टर जल के दिन अब लद गए। फिल्टर तो जल को सिर्फ छान देता है, किंतु जो सब कीटाणु रोगों की जड़ हैं, जैसे कि हैजे और प्लेग के कीटाणु तो ज्यों-के-त्यों बने रहते हैं; ज्यादातर तो स्वयं फिल्टर इन सब कीटाणुओं की जन्मभूमि बन जाता है। कलकत्ता में जब पहले-पहल फिल्टर किए हुए जल का प्रचार हुआ तो कहते हैं कि उस समय चार-पाँच वर्षों तक हैजा इत्यादि कुछ नहीं हुआ। इसके बाद फिर वही हालत हो गई, अर्थात् वह फिल्टर ही स्वयं हैजे के बीज का घर हो गया।

फिल्टरों में तो तिपाई पर तीन घड़े रखकर पानी साफ किया जाता है, वह उत्तम है, किंतु दो-तीन दिन के बाद बालू और कोयले को बदल देना चाहिए या तपा लेना चाहिए और वह जो थोड़ी सी फिटकरी डालकर गंगा तीरस्थ ग्रामों में पानी को साफ करने का ढंग है, वह सबसे अच्छा है। फिटकरी का चूर्ण यथाशक्ति मिट्टी, मैला और रोग के बीज को धीरे-धीरे नीचे बैठा देता है। गंगाजल घड़े में भरकर थोड़ा फिटकरी का चूरा डालकर मिला करके जो हम व्यवहार में लाते हैं, वह तुम्हारे विलायती फिल्टर-मिल्टर के चौदह पुरखों के भी सिर में झाड़ू मारता है तथा नल के पानी के बाप को भी दो सौ बार

लानत देता है, यह कहीं अच्छा है, परंतु जल को उबालकर लेने से निडर होकर व्यवहार किया जा सकता है। फिटकरी से साफ किए हुए पानी को उबालकर ठंडा करके व्यवहार में लाओ, फिल्टर-विल्टर को नाले में फेंक दो। इस समय अमेरिका में बड़े यंत्रों की सहायता से जल को भाप बना देते हैं, फिर उसी भाप से जल बनता है। इसके बाद एक यंत्र द्वारा उसके भीतर विशुद्ध वायु मिलाते हैं, वह वायु जल के भाप के समय निकल जाती है। यह जल अत्यंत शुद्ध है। इस समय अमेरिका के प्रत्येक घर में इसी का प्रचार है।

हमारे देश में जिनके पास दो पैसे हैं, वे अपने बाल-बच्चों को रोज पूरी-कचौड़ी, लड्डू तथा मिठाई खिलाएँगे ही। भात-रोटी खिलाना उनके लिए अपमान है। इससे बाल-बच्चे लद्धड़, तुंदैले असली जानवर नहीं होंगे तो और क्या होंगे? इतनी बलवान अंग्रेज जाति भी तली हुई पूरी-मिठाई आदि से डरती है। ये लोग तो बर्फीले देशों में रहते हैं। दिन-रात कसरत करते हैं। हम लोग तो अग्निकुंड में रहते हैं, एक जगह से उठकर दूसरी जगह जाना नहीं चाहते और खाना चाहते हैं पूरी-कचौरी, मिठाई, घी में और तेल में तली हुई। पुराने जमाने में गाँव के जमींदार सहज में दस कोस घूम आते थे, दो कौड़ी 'कई' मछलियाँ काँटों समेत चबा जाते थे और सौ वर्ष जीते रहते थे। उनके लड़के-बच्चे कलकत्ता आकर आँख पर चश्मा लगाते हैं, पूरी-कचौरी खाते हैं, रात-दिन गाड़ी पर सवार रहते हैं और पेशाब की बीमारी होने से मरते हैं; कलकतिया होने का यही फल है और सर्वनाश करते हैं, ये मनहूस डॉक्टर और वैद्य। वे सर्वज्ञ हैं, औषधि के प्रभाव से सबकुछ कर सकते हैं। पेट में थोड़ी गरमी हुई तो दे दी एक दवा। ये निकम्मे वैद्य यह भी नहीं कहते कि दवा छोड़कर दो कोस टहल आओ।

मैंने नाना देश देखे हैं, नाना प्रकार के भोजन भी किए हैं, तो भी हम लोगों के भात, दाल, रसेदार तरकारी, मसालेदार सूखी सब्जी, कड़वी सब्जी, केले के फूल की भुनी हुई सूखी सब्जी आदि के लिए पुनर्जन्म लेना भी कोई बड़ी बात नहीं है। दाँत रहने पर भी तुम लोग दाँत का महत्त्व नहीं समझते, अफसोस तो यही है। खाने में क्या अंग्रेज की नकल करनी होगी, उतना रुपया

कहाँ है ? इस समय हमारे बंगाल देश के लिए यथार्थ उपयोगी भोजन है—पूर्व बंगाल का भोजन। वह उपादेय, पुष्टिकर और सस्ता है, जितना हो सके, उसी की नकल करो। जितना पश्चिम (बंगाल) की ओर बढ़ोगे, उतना ही खराब है। अंत में आधे संथाली, बीरभूम, बांकुड़ा जिलों में भोजन है, उड़द की दाल तथा मछली की (खट्टी) चटनी। तुम कलकत्ता के लोग, वह जो एक सर्वनाशी मैदे के पिंड को मिट्टी वाले (मैले) हाथों से साननेवाले हलवाई की दुकान के रूप में सर्वनाशी फंदा खोलकर बैठे हो, उसकी मोहिनी-शक्ति के फेरे में पड़कर बीरभूम, बांकुड़ा ने लाई को दामोदर में बहा दिया है, उड़द की दाल उन लोगों ने गड्ढे में फेंक दी है और पोस्ता से दीवाल को लीप दिया है। ढाका और विक्रमपुरवाले भी 'ढाई' मछली, कछुए आदि को जल में बहाकर 'सभ्य' हो गए हैं। स्वयं तो सत्यानाश हुए ही हो, अब सारे देश को नष्ट कर रहे हो, यही तो हो तुम बड़े सभ्य शहर के लोग। लानत है तुमको! वे लोग भी इतने अहमक हैं कि कलकत्ते की गंदी चीजें खाकर संग्रहणी और पेचिश की बीमारी से मरते हैं। तब भी चूँ नहीं करते कि ये सब चीजें हजम नहीं हो रहीं। उल्टे कहेंगे कि हवा में ही नमी है और वह खारी है। किसी प्रकार उन सब लोगों को शहरिया बनना ही पड़ेगा।

## पाश्चात्य लोगों का आहार

खाने-पीने के संबंध में मोटी बातें तो तुम लोगों ने सुनीं। इस समय पाश्चात्य देशवासी क्या खाते हैं और उनके आहार में क्रमशः कैसा परिवर्तन हुआ है, वह भी अब हम देखेंगे।

गरीबी की अवस्था सभी देशों का खाद्य, विशेषकर अनाज ही रहता है। साग-तरकारी, मछली-मांस भोग-विलास में शामिल हैं और चटनी की तरह व्यवहृत होते हैं। जिस देश में जिस अन्न की पैदावार अधिक होती है, वहाँ के गरीबों का वही भोजन है, दूसरी सब चीजें प्रासंगिक हैं। जिस प्रकार बंगाल, उड़ीसा, मद्रास और मालाबार के किनारे पर भात ही प्रधान खाद्य हैं, उसके साथ कभी-कभी दाल, तरकारी, मछली, मांस आदि चटनी की तरह खाया जाता है।

भारतवर्ष के अन्यान्य सब प्रदेशों में संपन्न लोगों का भोजन गेहूँ की रोटी और भात है। सर्वसाधारण लोग नाना प्रकार के अन्न, बाजरा, महुआ, ज्वार, मकई आदि की रोटियाँ खाते हैं।

साग-तरकारी-दाल, मछली-मांस आदि को सारे भारतवर्ष में इसी रोटी या भात को स्वादिष्ट बनाने के लिए व्यवहार में लाते हैं, इसीलिए उनका नाम 'व्यंजन' पड़ा है, यहाँ तक कि पंजाब, राजपूताना और दाक्षिणात्य में संपन्न मांसाहारी लोग भी, यहाँ तक कि राजे भी यदि नित्य नाना प्रकार के मांस का भोजन करते हैं, फिर भी उनका प्रधान खाद्य रोटी या भात ही है। जो व्यक्ति आध सेर मांस रोज खाता है, वह अवश्य ही उसके साथ एक सेर रोटी खाता है।

पाश्चात्य देशों में गरीब देशों तथा धनी देशों में गरीब लोगों का प्रधान भोजन रोटी और आलू ही है। मांस तो चटनी की तरह कभी-कभी मिल जाता है। स्पेन, पुर्तगाल, इटली आदि उष्णप्रधान देशों में अंगूर अधिक मात्रा में उत्पन्न होता है और अंगूरी-शराब बड़ी सस्ती मिलती है। उन शराबों में नशा नहीं होता (अर्थात् जब तक कोई पीपा भर न पी ले, तब तक उसे नशा न होगा, उतना कोई पी भी नहीं सकता) और वह बहुत पुष्टिकर खाद्य है। इसीलिए उन देशों के गरीब लोग मछली-मांस की जगह इसी अंगूर के रस से मजबूत होते हैं। रूस, स्वीडन, नॉर्वे प्रभृति उत्तरी देशों में गरीब लोगों का प्रधान आहार है—'राई' नामक अन्न की रोटी और सुखाई हुई मछली का एकाध टुकड़ा तथा आलू। यूरोप के धनी लोग और अमेरिका के आबाल-वृद्ध-वनिता दूसरे ही तरह का खाना खाते हैं, अर्थात् उनका खाद्य मछली-मांस ही है, रोटी-भात तो चटनी की तरह खाते हैं। यदि कहें कि अमेरिका में रोटी नहीं खाई जाती, तो भी ठीक है। मछली परोसी गई तो मछली ही तथा मांस परोसा गया तो मांस ही खाया जाता है, भात-रोटी के साथ नहीं, इसलिए हर बार थाली बदलनी पड़ती है। यदि खाने की दस चीजें हैं, तो दस बार थाली बदलनी होगी। जैसे मान लो, हमारे देश में पहले सिर्फ सूक्त (बंगाल की प्रसिद्ध तरकारी) परोसा गया, फिर थाली को बदलकर सिर्फ दाल परोसी गई,

फिर थाली बदलकर सिर्फ रसदार तरकारी परोसी गई, फिर थाली बदलकर थोड़ा सा भात या दो पूरियाँ इत्यादि। उसका लाभ यही है कि बहुत सी चीजें थोड़ी-थोड़ी खाई जाती हैं, पेट में बोझ भी कम होता है।

फ्रांसीसियों का रिवाज है, सवेरे कॉफी के साथ एक-दो टुकड़ा रोटी और मक्खन खाना। मध्यम श्रेणी के लोग दोपहर में मछली-मांस आदि खाते हैं। रात में पूरा भोजन होता है। इटली, स्पेन प्रभृति देशों में रहनेवाली जातियों का भोजन फ्रांसीसियों जैसा ही है। जर्मनीवाले क्रमागत पाँच-छह बार खाते हैं, प्रत्येक बार मांस जरूर रहता है। अंग्रेज तीन बार खाते हैं, सवेरे थोड़ा सा, किंतु बीच-बीच में कॉफी या चाय पीते रहते हैं। अमेरिकी लोग तीन बार अच्छा खाना खाते हैं, जिसमें मांस अधिक रहता है। फिर भी इन सभी देशों में 'डिनर' नामक भोजन ही प्रधान होता है। अमीरों के यहाँ फ्रांसीसी रसोइया रहता है और फ्रांसीसी पद्धति से खाना बनाया जाता है। पहले एकाध नमकीन मछली या मछली का अंडा या कोई चटनी या तरकारी खाते हैं। इसके खाने से भूख बढ़ती है। इसके बाद शोरबा, इसके बाद आजकल एक फल खाने का फैशन हो गया है। इसके बाद मछली, मछली के बाद मांस की एक तरकारी, फिर भुना हुआ मांस, साथ में कच्ची सब्जी, इसके बाद जंगली मांस, जैसे कि हिरन, पक्षी आदि; इसके अनंतर मिष्टान्न, अंत में आइसक्रीम—'मधुरेण समापयेत्'। धनी लोगों के यहाँ हर बार थाली बदलने के साथ ही शराब भी बदली जाती है। शेरी, क्लेरेट, शैंपियन आदि शराब दी जाती हैं, बीच-बीच में शराब की थोड़ी कुल्फी भी होती है। थाल बदलने के साथ ही काँटा-चम्मच भी बदले जाते हैं। भोजन के अंत में बिना दूध की 'कॉफी' पीते हैं, बीच-बीच में छोटे-छोटे गिलासों में शराब पी जाती है और धूम्रपान होता है। भोजन के प्रकार के साथ-ही-साथ शराब की विभिन्नता से बड़े और छोटे की पहचान होती है। इनके डिनर में इतना अधिक खर्च होता है कि एक बार भी वैसा खिलाने से हमारे यहाँ के किसी मध्यम श्रेणी के मनुष्य का तो दिवाला ही निकल सकता है। ये लोग खाने में इतनी धूमधाम रखते हैं।

आर्य लोग पालथी मारकर एक पीढ़े पर बैठते थे और टेकने के लिए

उनके पीछे एक पीढ़ा रखा जाता था। एक छोटी चौकी पर थाल रखकर, एक थाल में ही सबकुछ खा लेते थे। यह रिवाज इस समय भी पंजाब, राजपूताना, महाराष्ट्र और गुजरात में मौजूद है। बंगाली, उड़िया, तेलंगी और मलबारी जमीन पर ही बैठकर भोजन करते हैं। मैसूर के महाराज भी जमीन पर बैठकर भात-दाल खाते हैं। मुसलमान चद्दर बिछाकर खाते हैं। बर्मी, जापानी आदि वज्रासन में बैठकर जमीन पर थाल रखकर खाते हैं। चीनी लोग मेज पर खाते हैं, कुरसी पर बैठते हैं, लकड़ी की पतली डंडियों तथा चम्मच की सहायता से खाते हैं, रोमन तथा यूनानी काऊच में लेटे हुए मेज पर से हाथ से खाया करते थे। पहले यूरोपियन लोग कुरसी पर बैठकर और टेबल पर सामग्री रखकर हाथ से खाते थे, पर अब नाना प्रकार के काँटे-चम्मच से खाते हैं।

चीनियों का भोजन सचमुच एक कसरत है, हमारे देश में जैसे पानवाली दो बिल्कुल अलग लोहे के पतरों से हाथ के कौशल से कैंची का काम लेती है, उसी प्रकार चीनी लोग भी दो डंडियों को दाएँ हाथ की दो उँगलियों तथा हथेली में दक्षतापूर्वक चिमटे की तरह करके शाकादि मुख में डालते हैं। फिर दोनों को एकत्र कर एक कटोरी भर भात मुँह के पास लाकर इन दो डंडियों से निर्मित बेलचे के सहारे उस भात को ठेल-ठेलकर मुँह भरते हैं।

कहते हैं कि सब जातियों के आदिम पुरुष प्रथम अवस्था में जो पाते थे, वही खाते थे। एक जानवर को मारकर उसे एक महीने तक खाते थे। सड़ जाने पर भी नहीं छोड़ते थे। धीरे-धीरे लोग सभ्य हो गए। खेती-बाड़ी सीखी। जंगली जानवरों की तरह एक दिन खूब खाकर चार-पाँच दिन अनशन की प्रथा उठ गई, रोज भोजन मिलने लगा, फिर भी बासी और सड़ी वस्तुओं का खाना नहीं छूटा। पहले सड़ी-गली चीजें आवश्यक भोजन थीं, पर अब वे चटनी-अचार के रूप में नैमित्तिक भोजन हो गई हैं।

एस्किमो जाति बर्फ में रहती है। वहाँ अनाज बिल्कुल नहीं पैदा होता; वहाँ रोज का खाना मछली और मांस ही है। बस दस-पंद्रह दिन में अरुचि होने से एक टुकड़ा सड़ा मांस खाकर अरुचि चली जाती है।

यूरोपियन इस समय भी जंगली जानवरों और पक्षियों का मांस बिना सड़ाए नहीं खाते। ताजा मिलने पर भी उसे तब तक लटकाकर रख देते हैं, जब तक सड़कर बदबू न निकलने लगे। कलकत्ता में हिरण का सड़ा मांस ज्यों ही आता है, त्यों ही बिक जाता है। सड़ी हुई भेंट की मछली स्वाद के लिए प्रसिद्ध है। अंग्रेजों का पनीर जितना सड़ेगा, उसमें जितने कीड़े किलबिल करेंगे, वह उतना ही स्वादिष्ट होगा। भागते हुए पनीर के कीड़े को भी झपटकर मुख में डालते हैं, वह क्या बहुत ही सुस्वादु होता है? दक्षिणी ब्राह्मणों का प्याज, लहसुन के बिना खाना ही नहीं होता। निरामिष होकर भी प्याज-लहसुन के लिए तरसते हैं। शास्त्रकारों ने यह रास्ता भी बंद कर दिया है। प्याज, लहसुन, पालतू सूअर तथा पालतू मुरगी का मांस खाने से एक प्रकार का पाप होता है और इसकी सजा है, जातिनाश (अर्थात् जाति से बहिष्कार)। जिन्होंने यह बात मानी, उन्होंने डर से प्याज और लहसुन खाना छोड़ दिया, पर उससे भी बुरा गंधयुक्त हींग खाना आरंभ किया। पहाड़ी कट्टर हिंदुओं ने प्याज-लहसुन की जगह पर एक प्रकार की लहसुन जैसी गंधवाली घास खाना आरंभ किया। इन दोनों का निषेध तो शास्त्रों में कहीं नहीं है!

### आहार-संबंधी विधि-निषेध का तात्पर्य

सभी धर्मों में खाने-पीने के संबंध में एक विधि-निषेध है। केवल ईसाई धर्म में कुछ नहीं है। जैन और बौद्ध मछली-मांस नहीं खाते। जैन लोग जमीन के नीचे पैदा होनेवाली चीजें, जैसे आलू, मूली आदि भी नहीं खाते, क्योंकि खोदने से कीड़े मरेंगे। रात को भी नहीं खाते, क्योंकि अंधकार में कहीं कीड़े ही खाने में न आ जाएँ।

यहूदी लोग उस मछली को नहीं खाते, जिसमें 'शल्क' नहीं होता और सूअर भी नहीं खाते। जो जानवर द्विशफ (अर्थात् जिसके पैर दो भागों में बँटे नहीं होते) और जो जुगाली नहीं करता, उसे भी नहीं खाते। कठिनाईवाली बात तो यह है कि दूध या दूध से बनी हुई कोई चीज यदि रसोई में चली जाए और यदि उस समय कहीं मछली या मांस पकता हो तो उस पकवान

को ही फेंक देना होगा। इसीलिए कट्टर यहूदी लोग किसी दूसरी जाति के मनुष्य के हाथ का पकाया नहीं खाते। फिर हिंदुओं की तरह यहूदी भी व्यर्थ ही मांस नहीं खाते। जैसे बंगाल और पंजाब में मांस को 'महाप्रसाद' कहते हैं, उसी तरह यहूदी लोग महाप्रसाद, अर्थात् नियमानुसार बलिदान न होने से मांस नहीं खाते हैं। इसी कारण, हिंदुओं की तरह यहूदी लोगों को भी किसी भी दुकान से मांस खरीदने का अधिकार नहीं है। मुसलमान भी यहूदी लोगों के अनेक नियम मानते हैं, पर इतना परहेज नहीं करते। बस दूध, मांस और मछली एक साथ नहीं ख़ाते। छुआछूत होने से ही सर्वनाश हो जाता है, इसे वे नहीं मानते। हिंदुओं और यहूदियों में भोजन संबंधी अनेक प्रकार का सादृश्य है। फिर भी, यहूदी जंगली सूअर नहीं खाते, पर हिंदू खाते हैं। पंजाब के हिंदू-मुसलमानों में इसीलिए भयंकर वैमनस्य है। इसीलिए जंगली सूअर हिंदुओं का आवश्यक खाद्य हो गया है। राजपूतों में जंगली सूअर का शिकार करके खाना एक धर्म विशेष माना जाता है। दक्षिण में ब्राह्मण छोड़कर अन्यान्य जातियों में मामूली सूअर का खाना भी जायज है। हिंदू जंगली मुरगा-मुरगी खाते हैं, पर पालतू मुरगा-मुरगी नहीं खाते। पूर्वी-बंगाल से लेकर नेपाल और कश्मीर समेत हिमालय तक एक ही प्रथा है। मनु की बताई हुई खाने की प्रथा आज तक उस अंचल में अधिकतर विद्यमान है।

किंतु बंगाली, बिहारी, प्रयागी (युक्त प्रदेशीय) और नेपालियों की अपेक्षा कुमाऊँ से लेकर कश्मीर तक मनु के नियमों का विशेष प्रचार है। जैसे बंगाली मुरगी या उसका अंडा नहीं खाते, किंतु हंस का अंडा खाते हैं, वैसा ही नेपाली भी करते हैं, किंतु कुमाऊँ में यह भी जायज नहीं है। कश्मीरी जंगली हंस के अंडे को बड़े मजे से खाते हैं, पर घरेलू हंस के अंडे नहीं खाते। हिमालय को छोड़कर भारतवर्ष के अन्य सभी प्रांतों में जो लोग बकरे का मांस खाते हैं, वे मुरगी भी खाते हैं।

इन विधि-निषेधों में अधिकांश स्वास्थ्य के लिए ही हैं, इसमें संदेह नहीं, किंतु सब जगह समान नहीं हो सकता। घरेलू मुरगी कुछ भी खा लेती है और बहुत गंदी रहती है, इसीलिए उसे खाने का निषेध किया है, पर जंगली

जानवर क्या खाते हैं, कहो, कौन उसे देखने जाता है? इसके अलावा जंगली जानवरों को रोग कम होता है।

पेट में अम्ल की अधिकता होने पर दूध किसी तरह पचता ही नहीं, यहाँ तक कि एक ही दम में एक गिलास दूध पी लेने से कभी-कभी तुरंत मृत्यु भी घटी है। जैसे बच्चे माता का दूध पीते हैं, वैसे ही ठहर-ठहरकर दूध पीने से वह जल्दी हजम होता है, नहीं तो बहुत देर लगती है। दूध बहुत देर में हज्म होनेवाली चीज है, मांस के साथ में तो वह और भी देर में हज्म होता है। इसीलिए यहूदियों ने इसका निषेध किया है। नासमझ माताएँ छोटे बच्चों को जबरदस्ती लगातार दूध पिलाती हैं और दो-चार महीने के बाद सिर पर हाथ रखकर रोती हैं। आजकल डॉक्टर लोग नौजवान आदमियों के लिए भी एक पाव दूध आध घंटे में धीरे-धीरे पीने का परामर्श देते हैं। छोटे बच्चों के लिए फीडिंग बोतल के सिवा कोई दूसरा रास्ता ही नहीं है। माँ काम में लगी रहती है, दाई रोते हुए बच्चे को जबरदस्ती पकड़कर चमचा में दूध भर-भरकर जल्दी-जल्दी दूध पिलाती है! नतीजा यह होता है कि दुबले-पतले बच्चे बढ़ते नहीं। उसी दूध से उनका अंत होता है। जिनमें इस प्रकार के भयंकर खाने के ढंग से बचने की शक्ति होती है, वे ही स्वस्थ और बलिष्ठ होते हैं।

पुराने सूतिगृह और इस प्रकार दूध पिलाना इत्यादि, इस पर भी जो बच्चे बच जाते हैं, वे सब एक प्रकार से आजीवन स्वस्थ और बलवान रहते थे। माता षष्ठी का साक्षात् वरपुत्र न होने पर क्या उस जमाने में एक भी बच्चा बचा रहता। वह ताप-सेंक, दागना-फोड़ना इत्यादि से बचकर निकलना जच्चा और बच्चा के लिए बड़ी ही दुःसाध्य बात थी। तुलसी चौरा पर हरिलूट के बहाने बच्चा और माँ प्रायः इसलिए बच निकलते थे, क्योंकि वे साक्षात् यमराज के दूत, चिकित्सक के पल्ले नहीं पड़ते थे।

## चाल-चलन

हमारे देश की अपेक्षा यूरोप और अमेरिका में मल-मूत्र के त्याग करने के बारे में भी बड़ी लज्जा है; हम लोग निरामिषभोजी हैं, इसीलिए बहुत सा

साग-पात खाते हैं। हमारा देश भी बहुत गरम है, एक साँस में एक लोटा जल पीने को चाहिए। भारत के पश्चिमी प्रांतों के कृषक एक बार एक सेर सत्तू खाते हैं और फिर जब प्यास लगती है, तो कुआँ का कुआँ साफ कर देते हैं। गरमी में हम लोग प्यासों को पानी पिलाने के लिए प्याऊ खोल देते हैं। इन्हीं कारणों से लोग बहुत बार लघुशंका करने के लिए बाध्य हो जाते हैं, क्योंकि दूसरा कोई उपाय ही नहीं है। गोशाला और घोड़े के अस्तबल की तुलना बाघ-सिंह के पिंजरे से कीजिए, कुत्ते की तुलना बकरे से कीजिए। पाश्चात्य देशों का आहार मांसमय है, इसीलिए अल्प होता है। फिर देश ठंडा है, कह सकते हैं कि जल पीते ही नहीं। समृद्ध जन छोटे गिलास में थोड़ी शराब पीते हैं। फ्रांसीसी जल को पसंद नहीं करते, उसे वे मेंढक का रस कहते हैं, भला वह कभी पिया जाता है? केवल अमेरिकावासी उसे अधिक परिमाण में पीते हैं, क्योंकि ग्रीष्मकाल में वहाँ अत्यंत गरमी पड़ती है। न्यूयॉर्क कलकत्ता की अपेक्षा अधिक गरम है। जर्मन लोग भी बहुत 'बीयर' पीते हैं, पर भोजन के साथ नहीं।

इंग्लैंड और अमेरिका में स्त्रियों के सामने मल-मूत्र का नाम भी नहीं लिया जा सकता। छिपकर पाखाना जाना पड़ता है। पेट की गरमी या और किसी प्रकार की बीमारी की बात स्त्रियों के सामने नहीं कही जा सकी। हाँ, बूढ़ियों तथा परिचितों में बात अलग है। स्त्रियाँ मल-मूत्र को रोककर चाहे मर जाएँ, परपुरुषों के सामने उसका नाम भी न लेंगी।

फ्रांस में इतना नहीं है। स्त्रियों और पुरुषों के पेशाबखाने और पाखाने प्रायः पास-पास ही होते हैं। स्त्रियाँ एक द्वार से जाती हैं और पुरुष दूसरे द्वार से। बहुत जगहों में तो द्वार भी एक ही है, केवल स्थान अलग-अलग हैं। रास्ते में दोनों ओर बीच-बीच में पेशाबखाने हैं, वहाँ केवल पीठ आड़ में रहती है। स्त्रियाँ देखती हैं, उसमें लज्जा नहीं समझी जाती, हम लोगों की तरह। अवश्य ही स्त्रियाँ ऐसे खुले स्थानों में नहीं जातीं। जर्मनीवालों में तो और भी कम। स्त्रियों के सामने अंग्रेज और अमेरिकी बातचीत में भी बहुत सावधान रहते हैं। वहाँ पैर का नाम तक लेना असभ्यता है। हम लोगों की तरह फ्रांसीसी वाचाल

होते हैं। जर्मन और रूसी सबके सामने अश्लील बातें करते हैं।

परंतु प्रणय-प्रेम की बातें बेरोक सबके सामने, यहाँ तक कि माँ, लड़के, भाई, बहन, बाप में चलती हैं। बाप अपनी बेटी के प्रणयी (भविष्यत् पति) के बारे में नाना प्रकार की बातें ठट्‌ठा करके स्वयं अपनी कन्या से पूछता है। फ्रांसीसी कन्याएँ उसे सुनकर मुँह नीचा कर लेती हैं। अंग्रेज कन्याएँ लजा जाती हैं, किंतु अमेरिकी कन्याएँ चटपट जवाब देती हैं। विलायत में चुंबन और आलिंगन तक में कोई दोष नहीं समझा जाता, वह अश्लील भी नहीं समझा जाता। सभ्य समाज में इनके बारे में बातें की जा सकती हैं। अमेरिकी परिवार आत्मीय पुरुष घर की युवती कन्या से हाथ मिलाने के बदले चुंबन करता है। हमारे देश में प्रेम-प्रणय का नाम भी बड़ों के सामने नहीं लिया जा सकता।

इनके पास बहुत रुपया है। अधिक साफ और बहुत सुंदर वस्त्र न पहनने वाला झट छोटा आदमी समझ लिया जाता है और वह समाज में सम्मिलित होने के योग्य नहीं समझा जाता। धनी आदमियों को दिन में दो-तीन बार बना-ठना कमीज-कॉलर आदि बदलना पड़ता है। गरीब इतना नहीं कर सकते। ऊपर के वस्त्र में एक दाग या सिलवट रहने से बड़ी मुश्किल होती है। नाखून के कोने, हाथ या मुँह में जरा भी मैल रहने से मुश्किल होती है। चाहे गरमी में सड़कर मरो या और कुछ भी हो, किंतु घर के बाहर निकलते समय दस्ताना पहनना अनिवार्य है, अन्यथा रास्ते में हाथ मैला हो जाएगा और उस मैले हाथ को किसी स्त्री के हाथ में रखकर संभाषण करना असभ्यता है। सभ्य समाज में थूकने, कुल्ला करने, दाँत को तिनके से साफ करने इत्यादि से तत्क्षणात् चण्डालत्व प्राप्ति समझो!

□

# पाश्चात्य देशवासियों का धर्म

इनका धर्म शक्तिपूजा है, वह आधा वामाचार का प्रकार है; उसमें पंचम-कार के अंतिम अंग छोड़ दिए गए हैं। "वामे वामा···दक्षिणे पानपात्रं···अग्रे न्यस्तं मरीचसहितं शूकरस्योष्णमांसं···कौलो धर्मः परमगहनो योगीनामप्यगम्यः" प्रकट में, सर्वसाधारण रूप में शक्तिपूजा वामाचार है, मातृभाव भी यथेष्ट है। यूरोप में प्रोटेस्टेंट तो नगण्य हैं, धर्म तो कैथोलिक ही है। उस धर्म में जिहोवा, ईसा और त्रिमूर्ति आदि अंतर्धान हैं, "माँ! जाग्रत् होकर बैठी हैं, ईसा को गोद में लिये माँ! लाखों स्थानों में, लाखों किस्म से, लाख रूपों में, अट्टालिका में, विराट् मंदिर में, रास्ते में, पर्णकुटीर में हैं—'माँ', 'माँ', 'माँ'। बादशाह पुकारता है 'माँ'। जंगबहादुर सेनापति पुकारता है 'माँ'। हाथ में झंडा लिये सैनिक पुकारता है 'माँ'। जहाज पर मल्लाह पुकारता है 'माँ'। जीर्णवस्त्र पहने मछुआरा पुकारता है 'माँ'। रास्ते के एक कोने में भिखारी पुकारता है 'माँ', 'धन्य मेरी' दिन-रात यही ध्वनि उठती है।

और फिर स्त्री-पूजा है। यह शक्ति-पूजा केवल काम-वासनामयी नहीं है, किंतु जो शक्ति-पूजा कुमारी-सध्सवा-पूजा के रूप में हमारे देश में काशी, कालीघाट प्रभृति तीर्थ-स्थानों में होती है; वास्तविक, प्रत्यक्ष, कल्पना नहीं; वही शक्ति-पूजा है, किंतु हम लोगों की पूजा इन तीर्थ-स्थानों में ही होती है और केवल उसी क्षण भर के लिए, पर इन लोगों की पूजा दिन-रात बारह महीने चलती है। पहले स्त्रियों का आसन होता है। कपड़ा, गहना, भोजन, उच्च स्थान, आदर और खातिर पहले स्त्रियों की। यह तो किसी भी स्त्री की

पूजा है, जानी-अनजानी की पूजा है, उच्च कुल की और रूपवती युवतियों की तो बात ही क्या है। इस शक्तिपूजा को पहले-पहल यूरोप में मूर लोगों ने आरंभ किया था, मूर मुसलमान अरब की मिश्रित जाति के हैं। जिस समय उन लोगों ने स्पेन को जीता था, उस समय उन्होंने आठ शताब्दियों तक राज किया था। उसी समय यह शक्ति-पूजा प्रारंभ हुई थी। उन्हीं के द्वारा यूरोपीय सभ्यता का उन्मेष हुआ और शक्तिपूजा का आविर्भाव। कुछ समय के अनंतर मूर लोग इस शक्तिपूजा को भूल गए, इसलिए वे शक्तिहीन और श्रीहीन हो गए। वे स्थानच्युत होकर अफ्रीका के एक कोने में असभ्यावस्था में रहने लगे और उस शक्ति का संचार हुआ यूरोप में; मुसलमानों को छोड़कर 'माँ' ईसाइयों के घर जा विराजी।

यह यूरोप क्या है, क्यों एशिया, अफ्रीका और अमेरिका के काले, भूरे, पीले और लाल निवासी यूरोप-निवासियों के पैरों पर गिरते हैं, क्यों कलियुग में यूरोप-एकाधिपति ही है ?

**फ्रांस-पेरिस**

इस यूरोप को समझना हो तो हमें पाश्चात्य महानता तथा गौरव के केंद्र फ्रांस को समझना होगा। इस समय पृथ्वी का आधिपत्य यूरोप के हाथ में है और यूरोप का महाकेंद्र पेरिस है। पाश्चात्य सभ्यता, रीति-नीति, प्रकाश-अंधकार, अच्छा-बुरा सबकी अंतिम परिपुष्टि का भाव इसी पेरिस नगरी से प्रादुर्भूत होता है।

यह पेरिस नगरी एक महासमुद्र है। मणि, मोती, मूँगा आदि भी यहाँ यथेष्ट हैं, साथ ही मगर, घड़ियाल भी यहाँ बहुत हैं। यह फ्रांस ही यूरोप का कर्मक्षेत्र है। यह सुंदर देश है। चीन के कुछ अंशों को छोड़कर इतना सुंदर स्थान और कहीं नहीं है। न तो बहुत गरम और न बहुत ठंडा, बहुत उपजाऊ, न यहाँ अधिक पानी बरसता है और न ही कम पानी बरसने की शिकायत है। वह निर्मल आकाश, मीठी धूप, वनस्थली की शोभा, छोटे-छोटे पहाड़, एल्म और ओक प्रभृति पेड़ों का बाहुल्य, छोटी-छोटी नदियाँ, छोटे-छोटे झरने,

पृथ्वी तल पर और कहाँ हैं? जल का वह रूप, स्थल की मोहकता, वायु की वह उत्तमता, आकाश का वह आनंद और कहाँ मिलेगा? प्रकृति सुंदर है, मनुष्य भी सौंदर्यप्रिय हैं। बूढ़े-बच्चे, स्त्री-पुरुष, धनी-दरिद्र, उनका घर-द्वार, खेल-मैदान, आदि सभी साफ-सुथरे और सजा-धजाकर चित्रवत् सुंदर किए हुए रहते हैं। सिर्फ जापान को छोड़कर यह भाव और कहीं नहीं है। वह इंद्रपुरी के गृह, अट्टालिकाओं का समूह, नंदनवन के सदृश उद्यान, उपवन, झाड़ियाँ और कृषकों के खेत, सभी में एक रूप, एक सुंदर छटा देखने का प्रयत्न है और वे अपने इस प्रयत्न में सफल भी हुए हैं। यह फ्रांस प्राचीन समय से गौल, रोमन, फ्रांक आदि जातियों की संघर्ष-भूमि रहा है। इसी फ्रांक जाति ने रोमन शालेंमॅग्ने ने यूरोप में ईसाई धर्म का तलवार के बल पर प्रचार किया। इस फ्रांक जाति द्वारा ही एशिया का यूरोप से परिचय हुआ, इसीलिए आज भी हम यूरोपवासियों को फ्रांकी, फिरंगी, प्लांकी, फिलिंग आदि नामों से संबोधित करते हैं।

पाश्चात्य सभ्यता का आदि केंद्र प्राचीन यूनान डूब गया, रोम के चक्रवर्ती राजा बर्बरों के आक्रमण-तरंग में बह गए, यूरोप का प्रकाश बुझ गया। इधर एशिया में भी एक अति बर्बर जाति का प्रादुर्भाव हुआ, जिसे 'अरब जाति' कहते हैं। वह अरब-तरंग बड़े वेग से पृथ्वी को आच्छादित करने लगी। महाबली पारसी जाति अरबों के पैरों के नीचे दब गई। उसे मुसलमान धर्म धारण करना पड़ा। इसके परिणामस्वरूप मुसलमान धर्म ने एक दूसरा ही रूप धारण किया, वह अरबी धर्म पारसी सभ्यता में सम्मिलित हो गया।

अरबों की तलवार के साथ पारसी सभ्यता धीरे-धीरे फैलने लगी। वह पारसी सभ्यता प्राचीन यूनान और भारतवर्ष से ही ली हुई थी। पूर्व और पश्चिम दोनों ओर से बड़े वेग के साथ मुसलमान-तरंग ने यूरोप के ऊपर आघात किया, साथ-ही-साथ बर्बर अंधकारपूर्ण यूरोप में ज्ञानरूपी प्रकाश फैलने लगा। प्राचीन यूनानियों की विद्या, बुद्धि, शिल्प आदि ने बर्बराक्रांत इटली में प्रवेश किया। धरा-राजधानी रोम के मृत शरीर में प्राणस्पंदन होने लगा, उस स्पंदन ने फ्लोरेंस नगरी में प्रबल रूप धारण किया, प्राचीन इटली नव-जीवन

धारण करके संजीवित होने लगा, इसी को पुनर्जागरण अर्थात् रेनेसेंस कहते हैं, किंतु वह पुनर्जागरण इटली का था। यूरोप के दूसरे अंशों का उस समय प्रथम जन्म हुआ। ईसा की उस सोलहवीं शताब्दी में जब भारतवर्ष में अकबर, जहाँगीर और शाहजहाँ प्रभृति मुगल सम्राटों ने महाबलशाली साम्राज्य बनाए, उसी समय यूरोप का जन्म हुआ।

इटलीवाले प्राचीन जाति के थे, एक बार जंभाई लेकर फिर करवट बदलकर सो गए। उस समय कई कारणों से भारतवर्ष भी कुछ कुछ जाग रहा था। अकबर से लेकर तीन पीढ़ी तक के मुगल राज्य में विद्या, बुद्धि, शिल्प आदि का यथेष्ट आदर हुआ था, किंतु अत्यंत वृद्ध जाति होने के कारण वह अनेक कारणों से फिर करवट बदलकर सो गई।

यूरोप में इटली के पुनर्जन्म ने बलवान, अभिनव फ्रांक जाति को व्याप्त कर लिया। चारों ओर से सभ्यता की सब धाराओं ने आकर फ्लोरेंस नगरी में एकत्र हो नवीन रूप धारण किया, किंतु इटली-निवासियों में उस सामर्थ्य को धारण करने की शक्ति नहीं थी। भारतवर्ष की तरह वह उन्मेष उसी स्थान पर समाप्त हो जाता, किंतु यूरोप के सौभाग्य से इस नवीन फ्रांक जाति ने आदरपूर्वक उस तरंग आदरपूर्वक उस तेज को ग्रहण किया। नवीन रक्तवाली नवीन जाति ने उस तरंग में बड़े साहस के साथ अपनी नौका छोड़ दी। उस स्रोत का वेग क्रमशः बढ़ने लगा। वहाँ एक धारा सैकड़ों धाराओं में विभक्त होकर बढ़ने लगी। यूरोप की अन्यान्य जातियाँ लोलुप हो मेंड़ काटकर उस जल को अपने-अपने देश में ले गईं और उसमें अपनी जीवनशक्ति सम्मिलित कर उसके वेग और विस्तार को और भी अधिक बढ़ा दिया। वह तरंग फिर भारतवर्ष में आकर टकराई। वह तरंग लहरी जापान के किनारों पर जा पहुँची और जापान उस जल को पान करके मत्त हो गया। एशिया में जापान ही नवीन जाति है।

यह पेरिस नगरी यूरोपीय सभ्यता की गंगोत्तरी है। यह विराट् नगरी मृत्युलोक की अमरावती, सदानंद नगरी है। पेरिस का भोगविलास और आनंद न लंदन में है, न बर्लिन में और न यूरोप के किसी दूसरे शहर में। लंदन,

न्यूयॉर्क में धन है, बर्लिन में विद्या, बुद्धि यथेष्ट है, किंतु न तो वहाँ फ्रांस की मिट्टी है और सर्वोपरि वहाँ फ्रांस के निवासी नहीं हैं। धन हो, विद्या-बुद्धि हो, प्राकृतिक सौंदर्य भी हो, किंतु वे मनुष्य कहाँ हैं? प्राचीन यूनानियों की मृत्यु के बाद इस अद्‍भुत फ्रांसीसी चरित्र का जन्म हुआ है। सदा आनंद और उत्साह से भरे हुए, पर बड़े हल्के और फिर भी बहुत गंभीर, सब कामों में उत्तेजित, किंतु बाधा पड़ने से ही निरुत्साहित, किंतु वह नैराश्य फ्रांस के मुँह पर बहुत देर तक नहीं ठहरता, फिर नवीन उत्साह और विश्वास से वह चमक उठता है।

पेरिस का विश्वविद्यालय यूरोप का आदर्श विश्वविद्यालय है। दुनिया की जितनी वैज्ञानिक संस्थाएँ हैं, वे सब फ्रांस की वैज्ञानिक संस्थाओं की नकल हैं। यही पेरिस औपनिवेश-साम्राज्य का गुरु है। सभी भाषाओं में अभी उस फ्रांसीसी भाषा के ही युद्ध-संबंधी शब्दों का व्यवहार होता है। फ्रांसीसियों की रचनाओं की नकल सभी यूरोपीय भाषाओं में हुई है। यह पेरिस नगरी ही दर्शन, विज्ञान और शिल्प की खान है। सभी स्थानों में इन्हीं की नकल हुई है।

फ्रांसीसी ही असल में शहरी हैं, बाकी देशवासी तो देहाती हैं। जातियाँ ग्रामीण हैं। ये लोग जो करते हैं, उसी की पच्चीस-पचास वर्ष पीछे जर्मन और अंग्रेज नकल करते हैं, चाहे वह विद्या संबंधी हो, चाहे शिल्प-संबंधी हो अथवा सामाजिक नीति संबंधी ही क्यों न हो। यह फ्रांसीसी सभ्यता स्कॉटलैंड पहुँची, वहाँ के राजा इंग्लैंड के भी शासक हुए, तब इस फ्रांसीसी सभ्यता ने इंग्लैंड को जगाकर छोड़ा। स्कॉटलैंड के स्टुअर्ट खानदान के शासन के समय में ही इंग्लैंड में रॉयल सोसाइटी आदि संस्थाएँ स्थापित हुईं।

पुन: फ्रांस ही स्वाधीनता का उद्‍गम स्थान है। इस पेरिस महानगरी से ही प्रजा-शक्ति ने बड़े वेग से उठकर यूरोप की जड़ को हिला दिया। उसी दिन से यूरोप ने नया रूप धारण किया। वह एगालिते लिबर्ते फ्रातेर्निते की वह ध्वनि अब फ्रांस से चली गई है, फ्रांस अब दूसरे भावों, दूसरे उद्देश्यों का अनुसरण कर रहा है, किंतु यूरोप की अन्यान्य जातियों में इस समय भी फ्रांसीसी विप्लव का यह भाव गूँज रहा है।

स्कॉटलैंड के एक प्रसिद्ध वैज्ञानिक ने उस दिन मुझसे कहा था कि

पेरिस पृथ्वी का केंद्र है। जो देश जिस परिमाण में पेरिस के साथ अपना संबंध स्थापित कर सकेगा, वह उसी परिमाण में उन्नत होगा। अवश्य ही इस बात में कुछ अतिरंजित सत्य है, किंतु यह बात भी सत्य है कि यदि किसी को किसी नवीन भाव का संसार में प्रचार करना हो तो उसके लिए पेरिस ही उपयुक्त स्थान है। हम सुनते हैं, पेरिस नगरी महा कुत्सित, वेश्यागामी और नरककुंड है, अवश्य ही यह बात अंग्रेज लोग कहते फिरते हैं एवं अन्य देश के जिन सब लोगों के पास पैसा है तथा जिनके लिए जिह्वोपस्थ छोड़कर अन्य भोग जीवन में असंभव है, वे अवश्य ही पेरिस को विलासमय जिह्वोपस्थ के उपकरणस्वरूप देखते हैं।

किंतु लंदन, बर्लिन, वियना, न्यूयॉर्क आदि भी तो वारवनितापूर्ण भोग में उद्योगपूर्ण हैं, किंतु अंतर है कि दूसरे देशों की इंद्रिय-चर्चा पशुवत् है, पर पेरिस, सभ्य पेरिस की मैल भी सोने के पत्तों से ढकी है। अन्यान्य शहरों के पैशाचिक भोग के साथ पेरिस की विलासप्रियता की तुलना करना मानो कीचड़ में लोटते हुए सूअर की उपमा नाचते हुए मोर से करना है।

कहो तो सही, भोग-विलास की इच्छा किस जाति में नहीं है? यदि ऐसा नहीं है तो दुनिया में जिसके पास दो पैसे हैं, वह क्यों पेरिस की ही ओर दौड़ता है? राजा, बादशाह चुपचाप अपना नाम बदलकर उस विलासकुंड में स्नान कर पवित्र होने क्यों जाते हैं, इच्छा सभी देशों में है, उद्योग की त्रुटि भी किसी देश में कम नहीं देखी जाती, किंतु भेद केवल इतना ही है कि पेरिसवाले सिद्धहस्त हो गए हैं, भोग करना जानते हैं, विलासप्रियता की सप्तम श्रेणी में पहुँच चुके हैं।

इतने पर भी अधिकतर भ्रष्ट नाच-तमाशा, विदेशियों के लिए ही वहाँ होता है। फ्रांसीसी बड़े सावधान होते हैं, वे फिजूलखर्च नहीं करते। यह घोर विलास, ये सब होटल और भोजन आदि की दुकानें, जिनमें एक बार खाने से ही सर्वस्वांत हो सकता है, वे सब विदेशी अहमक धनियों के लिए ही हैं। फ्रांसीसी बड़े सभ्य हैं, आदर-सम्मान काफी है, सत्कार खूब करते हैं, सब पैसा बाहर निकाल लेते हैं और फिर मटक-मटककर हँसते हैं।

इसके अलावा एक तमाशा यह है कि अमेरिकावालों, जर्मनीवालों और अंग्रेजों का समाज खुला है, विदेशी झट से सबकुछ देख-सुन लेता है। दो-चार दिन की ही बातचीत में अमेरिकावाले अपने घर में दस दिन रहने के लिए निमंत्रण देते हैं। जर्मनीवाले भी ऐसे ही हैं, किंतु अंग्रेज जरा देरी से करते हैं। फ्रांसीसियों का रिवाज इस संबंध में बहुत भिन्न है; परिवार में अत्यंत परिचित हुए बिना वे लोग आकर रहने का कभी निमंत्रण नहीं देते, किंतु जब कभी विदेशियों को इस प्रकार की सुविधा मिलती है, फ्रांसीसी परिवार को उन्हें देखने और समझने का मौका मिलता है, तब एक दूसरी ही धारणा हो जाती है। कहो तो, मछुआ बाजार देखकर अनेक विदेशीय, जो हमारे जातीय चरित्र के संबंध में धारणा करते हैं, वह कितना अहमकपन है? यही बात पेरिस की भी है। अविवाहित लड़कियाँ वहाँ भी हमारे ही देश की तरह सुरक्षित हैं, वे अकसर समाज में मिल नहीं सकतीं। विवाह के बाद वे अपने स्वामी के साथ समाज में मिलती-जुलती हैं। हमारी तरह विवाह की बातचीत माता-पिता ही तय करते हैं। ये लोग मौज-पसंद हैं, इनका कोई भी बड़ा सामाजिक काम नर्तकी के नाच के बिना पूरा नहीं हो सकता। जैसे हम लोगों के विवाह तथा पूजा में सर्वत्र नर्तकी का आगमन होता है। अंग्रेज मुँह लटकाए रहते हैं। इसलिए वे सदा निरानंद ही रहते हैं। उनकी दृष्टि में नाच बहुत अश्लील चीज है, पर थियेटर में नाच होने में कोई दोष नहीं। इस संबंध में यह बात भी सदा ध्यान में रखनी चाहिए कि इनके नाच चाहे हमारी दृष्टि में कितने ही अश्लील क्यों न जँचें, पर वे उससे चिर-परिचित हैं। (अति अल्प वस्त्रों में) सर्वत्र नग्न नाच होता है, किंतु वह किसी गिनती में नहीं आता, किंतु अंग्रेज, अमेरिकी इसे देखना भी नहीं छोड़ते और घर लौटकर गालियाँ देने में भी कसर नहीं छोड़ते।

### संप्रदायों की मूलभित्ति

जो परिणामवाद भारत के प्रायः सभी संप्रदायों की मूल भित्ति है, उसने इस समय यूरोपीय बहिर्विज्ञान में प्रवेश किया है। भारत के सिवाय अन्यत्र सभी देशों के धर्मों का यही मत था कि समस्त संसार टुकड़ा-टुकड़ा अलग

है। ईश्वर भी अलग है, प्रकृति अलग है, मनुष्य अलग है, इसी प्रकार पशु, पक्षी, कीट, पतंग, पेड़, पत्ता, मिट्‌टी-पत्थर, धातु आदि सब अलग-अलग हैं। भगवान् ने इसी प्रकार सब अलग-अलग करके सृष्टि की है।

ज्ञान का अर्थ है—बहु के भीतर एक को देखना, जो वस्तुएँ अलग-अलग हैं, जिनमें आपातत: अंतर का बोध होता है, उनमें एक ऐक्य देखना। जिस संबंध द्वारा मनुष्य इस एकत्व को देख पाता है, उस संबंध को 'नियम' कहते हैं; उसी का नाम 'प्राकृतिक नियम' है।

हम पहले ही कह आए हैं कि हमारी विद्या, बुद्धि और चिंतन, सभी आध्यात्मिक है, सभी का विकास धर्म के भीतर है और पाश्चात्यों में ये सारे विकास बाहर, शरीर और समाज में हैं। भारतवर्ष के चिंतनशील मनीषी क्रमश: समझ पाए कि इन चीजों को अलग-अलग मानना भूल है। अलग होते हुए भी उन सब में एक संबंध है। मिट्‌टी-पत्थर, पेड़-पत्ता, जीव-जंतु, मनुष्य-देवता, यहाँ तक कि स्वयं ईश्वर, इनमें ऐक्य है। अद्वैतवादी इसकी चरम सीमा पर पहुँच गए। उन्होंने कहा कि यह सबकुछ उसी एक का विकास है। सचमुच यह अध्यात्म और अधिभूत जगत् एक ही है, उसी का नाम ब्रह्म है और जो अलग-अलग मालूम पड़ता है, वह भूल है। उसका नाम उन्होंने दिया, 'माया', 'अविद्या', अर्थात् अज्ञान, यही ज्ञान की चरम सीमा है।

भारतवर्ष की बात छोड़ दो, यदि विदेश में इस बात को इस समय कोई न समझ सके, तो उसे पंडित कैसे कहें? मुद्दा यह है कि इनके अधिकांश पंडित ही अब इसे समझ गए हैं, पर अपने ही तरीके से, जड़ विज्ञान द्वारा। वह एक कैसे अनेक हो गया, यह बात न तो हम लोग ही समझ सकते हैं और न वे लोग ही। हम लोगों ने भी यह सिद्धांत बना लिया है कि वह विषय-बुद्धि के परे है और उन लोगों ने भी वैसा ही किया है। वह जो 'एक' है, वह किस-किस प्रकार का हुआ है, किस-किस प्रकार का जातित्व, व्यक्तित्व पा रहा है, यह समझ में आता है एवं इसी खोज का नाम विज्ञान है।

आदिम अवस्था में मनुष्य तीर, धनुष या जाल आदि द्वारा पशु, पक्षी या मछली मारकर खाता था। क्रमश: उसने खेतीबाड़ी करना और पशुपालन

करना सीखा। जंगली जानवरों को अपने वश में लाकर अपना काम कराने लगा अथवा समयानुसार आहार के लिए भी जानवर पालने लगा। गाय, घोड़ा, सूअर, हाथी, ऊँट, भेड़, बकरी, मुरगी आदि मनुष्य के घर में पाले जाने लगे। इनमें से कुत्ता मनुष्य का आदिम दोस्त है।

## कृषिजीविता

इसके बाद खेतीबाड़ी आरंभ हुई। जो फल-मूल, साग-सब्जी, चावल मनुष्य खाता है, उन चीजों की आदिम जंगली अवस्था भिन्न प्रकार की थी। उस मनुष्य के यत्न से, जंगली फल, जंगली घास, नाना प्रकार के सुखाद्य बृहत् तथा उपादेय रूप में परिणत हुए। प्रकृति में अपने आप दिन-रात अदल-बदल तो हो ही रहा है। नाना जातियों के वृक्ष लताएँ, पशु-पक्षियों के शरीर-संसर्ग से, देश-काल के परिवर्तन से, नई-नई जातियों की सृष्टि हो रही है, किंतु मनुष्य की सृष्टि के पूर्व पर्यंत प्रकृति धीरे-धीरे तरु-लताओं, जीव-जंतुओं में परिवर्तन ला रही थी, पर मनुष्य की सृष्टि होते ही उसने खूब गति से परिवर्तन आरंभ कर दिया। जल्दी-जल्दी मनुष्य एक देश के पेड़-पौधों और जीव-जंतुओं को दूसरे देश में ले जाने लगा और उनके परस्पर मिश्रण से कई प्रकार के नए जीव-जंतु, पेड़-पौधों की जातियाँ मनुष्य द्वारा उत्पन्न होने लगी।

## विवाह का आदि तत्त्व

आदिम अवस्था में विवाह पद्धति नहीं थी। धीरे-धीरे वैवाहिक संबंध स्थापित हुआ। पहले सब समाजों में वैवाहिक संबंध माता के ऊपर निर्भर रहता था। पिता का कोई निश्चय नहीं था। माता के नाम के अनुसार बाल-बच्चों का नाम होता था। बच्चों के पालन-पोषण के लिए सारी संपत्ति स्त्रियों के हाथ में रहती थी। क्रमशः धन-संपत्ति पुरुष के हाथ में चली जाने से स्त्रियाँ भी उसी के हाथ में चली गईं। पुरुष ने कहा, "जिस प्रकार यह धन-धान्य मेरा है, मैंने खेतीबाड़ी, लूटमार करके इसे अर्जित किया है, इसमें यदि कोई हिस्सा

लेना चाहे, तो मैं विरोध करूँगा", उसी प्रकार उसने कहा, "ये स्त्रियाँ भी हमारी हैं, यदि इन पर कोई हाथ डालेगा, तो विरोध होगा।" इस प्रकार वर्तमान विवाह पद्धति का सूत्रपात हुआ। स्त्रियाँ भी लोटे-कटोरी एवं गुलामों की तरह पुरुषों के अधिकार में हो गईं। प्राचीन रीति थी कि एक दल का पुरुष, दूसरे दल की स्त्री के साथ ब्याह करता था। यह विवाह भी जबरदस्ती स्त्रियों को छीन लाकर होता था। क्रमशः यह आपस की छीना-झपटी पद्धति बदल गई और स्वयंवर की प्रथा प्रचलित हुई, किंतु सब विषयों का थोड़ा-थोड़ा आभास रहता है। इस समय भी प्रायः सभी देशों में हम देखते हैं कि वर के ऊपर एक प्रकार का आक्रमण करने की नकल की जाती है। बंगाल और यूरोप में वर के ऊपर चावल फेंककर आघात किया जाता है। पश्चिमांचल में कन्या की सखियाँ बारातियों पर गाली गाकर आक्रमण करती हैं।

## कृषिजीवी देवता

समाज की सृष्टि होने लगी। देशभेद से ही समाज की सृष्टि हुई। समुद्र के किनारे जो लोग रहते थे, वे अधिकांश मछली पकड़कर अपना जीवन निर्वाह करते थे। जो समतल जमीन पर रहते थे, वे खेतीबाड़ी करते थे, जो पर्वतों पर रहते थे, वे भेड़ चराते लगे। जो बालू के मैदानों में रहते थे, वे बकरी और ऊँट चराने लगे। कितने ही दल जंगलों में रहकर शिकार करके खाने लगे। जिन्होंने समतल जमीन पाकर खेतीबाड़ी करना सीखा, वे पेट की ज्वाला से बहुत कुछ निश्चिंत होकर विचार करने का अवकाश पाकर अधिकतर सभ्य होने लगे, किंतु सभ्यता आने के साथ शरीर दुर्बल होने लगा। जिनका शरीर दिन-रात खुली हवा में रहता, आहार मांसप्रधान रहता, उनमें एवं जो घर में वास करते, जिनका आहार शस्यप्रधान होता, इन दोनों में अनेक पार्थक्य होने लगे। शिकारियों, ग्वालों तथा मछुआरों के आहार में टोटका पड़ते ही डाकू अथवा खतरनाक लुटेरे होकर उन्होंने समतलवासियों को लूटना आरंभ कर किया। समतल-निवासी आत्मरक्षा के लिए आपस में दल बाँधने लगे और इस प्रकार छोटे-छोटे राज्यों की सृष्टि होने लगी।

देवताओं का भोजन अनाज होता था, वे सभ्य होते थे तथा ग्राम, नगरों अथवा उद्यानों में वास करते थे और बुने हुए कपड़े पहनते थे; असुरों का वास पहाड़, पर्वत, मरुभूमि या समुद्र-तट पर होता था, उनका आहार वन्य पशु, वन्य फल-मूल एवं परिधान छाल होती थी तथा वन्य-वस्तुओं अथवा भेड़, बकरी, गाय आदि के विनिमय में धान-चावल देवताओं से मिलता था। देवता शरीर-श्रम नहीं सह सकते थे, वे दुर्बल थे। असुरों का शरीर उपवास-कृच्छ्र, कष्ट सहने में विलक्षण पटु था।

**उत्पत्ति का रहस्य**

असुरों के पास भोजन का अभाव होते ही वे लोग दल बाँधकर पहाड़ से या समुद्र के किनारे से आकर गाँव-नगरों को लूटने आने लगे थे। वे कभी-कभी धन-धान्य के लोभ से देवताओं पर आक्रमण करने लगे। यदि बहुत से देवता एकत्र न हो सकते थे, तो उनकी असुरों के हाथ से मृत्यु हो जाती थी और देवताओं की बुद्धि प्रबल होकर वे कई तरह के अस्त्र-शस्त्र तैयार करने लगे। ब्रह्मास्त्र, गरुड़ास्त्र, वैष्णवास्त्र, शैवास्त्र, ये सब देवताओं के अस्त्र थे। असुरों के अस्त्र तो साधारण थे, पर असुर सभ्य होना नहीं जानते थे। वे खेतीबाड़ी नहीं कर सकते थे और न बुद्धि का ही प्रयोग कर सकते थे।

विजयी असुर यदि विजित देवताओं के 'स्वर्ग' में राज करना चाहते थे तो वे देवताओं के बुद्धि-कौशल से थोड़े ही दिनों में देवताओं के दास होकर पड़े रहते थे, अन्यथा असुर लूटकर वहाँ से हटकर अपने स्थान को चले जाते। देवतागण जब एकत्र होकर असुरों को भगाते थे, तब या तो उन्हें समुद्र में भगाते थे, नहीं तो पहाड़ में, अन्यथा जंगल में भगा देते थे। क्रमशः दोनों ओर ही दल बढ़ने लगे। लाखों-लाखों देवता एकत्र होने लगे और लाखों-लाखों असुर इकट्ठे होने लगे। अब महासंघर्ष, मेल-मिलाप, जीत-हार होने लगी। इस तरह हर प्रकार के मनुष्यों के मिलने-जुलने से वर्तमान समाज, वर्तमान समस्त प्रथाओं की सृष्टि होने लगी। नानाविध नूतन भावों की सृष्टि होने लगी, नाना प्रकार की विद्याओं की आलोचना आरंभ हुई। एक दल के लोग हाथ से

या बुद्धि द्वारा भोगोपयोगी वस्तुएँ तैयार करने लगे। दूसरा दल उन सब चीजों की रक्षा करने लगा। सब मिलकर आपस में उन सब चीजों का विनिमय करने लगे और बीच में से एक उस्ताद दल इस स्थान की चीजों को उस स्थान पर ले जाने के वेतनस्वरूप सब चीजों का अधिकांश स्वयं हड़प करने लगा। एक जन खेती करता, एक जन पहरा देता, एक जन ढुलाई करके ले जाता और एक जन खरीदता। जिन लोगों ने खेतीबाड़ी की, उन्हें कुछ नहीं मिला; जिन लोगों ने पहरा दिया, उन लोगों ने जुल्म करके पहले ही कुछ भाग ले लिया; अधिकांश ढुलाई करनेवाले व्यवसायी लोग ले गए। पहरेदारों का नाम हुआ राजा, ढुलाई करनेवालों का नाम हुआ सौदागर। इन दो दलों ने काम तो किया नहीं, कामचोर होकर भी ऊपर-ऊपर की मलाई मारने लगे। जो वस्तुओं की तैयारी करने लगा, वह पेट पर हाथ मारता हुआ 'हाय भगवान्' पुकारने लगा।

□

# प्राच्य और पाश्चात्य सभ्यताएँ

जंबूद्वीप की सारी सभ्यता का उद्‌भव समतल क्षेत्र में बड़ी-बड़ी नदियों के किनारे, यांगसिक्यांग, गंगा, सिंधु और यूफ्रेटीज के किनारे अति उर्वरा भूमि में हुआ। इस सारी सभ्यता की आदि भित्ति खेतीबाड़ी है। यह सारी सभ्यता देवता-प्रधान है और यूरोप की सारी सभ्यता का उत्पत्ति स्थान या तो पहाड़ है अथवा समुद्रमय देश, डाकू एवं जलदस्यु ही इस सभ्यता की भित्ति हैं। इनमें आसुरी भाव अधिक है।

वर्तमान काल में जहाँ तक समझ में आता है, जंबूद्वीप के मध्यभाग और अरब की मरुभूमि में असुरों का प्रधान अड्डा था। इन स्थानों से इकट्ठे होकर असुर कुल के चरवाहों और शिकारियों ने सभ्य देवताओं का पीछा करके उन्हें दुनिया में फैला दिया है।

यूरोप खंड के आदिम निवासियों की एक जाति अवश्य पहले थी, पर्वत गुहाओं में वास करती थी, उसमें जो लोग कुछ बुद्धिमान थे, वे छिछले तालाब के जल में खूँटे गाड़कर, मचान बाँधकर उसी मचान पर घर-द्वार निर्माण करके वास करते थे। चकमक पत्थर के तीरों, बरछे के फाल, चकमक की छुरी तथा कुल्हाड़ी से सब काम चलाते थे।

## ग्रीक

क्रमशः जंबुद्वीप का नरस्रोत यूरोप पर पड़ने लगा। कहीं-कहीं अपेक्षाकृत सभ्य जातियों का अभ्युदय हुआ; रूस देश की किसी-किसी जाति की भाषा भारत की दक्षिणी भाषा से मिलती है।

किंतु ये सब जातियाँ बर्बर थीं, अत्यंत बर्बर अवस्था में रहीं। एशिया-माइनर से सभ्य लोगों का एक दल समीपवर्ती द्वीपों में उदित हुआ। उसने यूरोप के निकटवर्ती स्थानों पर अधिकार किया और अपनी बुद्धि तथा प्राचीन मिस्र की सहायता से एक अपूर्व सभ्यता की सृष्टि की। उन लोगों को हम 'यवन' कहते हैं और यूरोपीय उन्हें 'ग्रीक' नाम से पुकारते हैं।

## यूरोपीय जातियों की सृष्टि

इसके बाद इटली में 'रोमन' नामक एक दूसरी बर्बर जाति 'इट्रस्कन' नाम की अन्य एक सभ्य जाति को हराकर उनकी विद्या-बुद्धि का संग्रह कर स्वयं सभ्य हुई। क्रमशः रोमनों ने चतुर्दिक् अधिकार किया। यूरोप खंड के दक्षिण-पश्चिम भाग के समस्त असभ्य लोग उनकी प्रजा बने। केवल उत्तर के वन-जंगलों में जंगली बर्बर जातियाँ ही स्वाधीन रहीं। काल के प्रभाव से रोमन लोग ऐश्वर्य और विलासपरता से दुर्बल होने लगे, उसी समय फिर जंबूद्वीप की असुर सेना ने यूरोप के ऊपर चढ़ाई की। असुरों की मार खाकर उत्तर यूरोपीय बर्बर जातियाँ रोमन साम्राज्य के ऊपर टूट पड़ीं। रोम का नाश हो गया। जंबूद्वीप की ताड़ना से यूरोप की बर्बर जाति तथा यूरोप की बर्बर जाति तथा यूरोप के ध्वंसावशिष्ट रोमन-ग्रीक लोगों से मिलकर एक अभिनव जाति की सृष्टि हुई। इसी समय 'यहूदी' जाति रोम द्वारा विजित तथा विताड़ित होकर पूरे यूरोप में फैल पड़ी। नवीन ईसाई धर्म भी यूरोप में फैल गया। ये सब विभिन्न जातियाँ, मत, पंथ और नाना प्रकार के असुर कुल महामाया की कुठाली में, दिन-रात की लड़ाई तथा मारकाटरूपी आग के द्वारा गलकर मिलने लगे। इससे ही यूरोपीय जातियों की सृष्टि हुई।

हिंदुओं के काले रंग से, उत्तर के दूध जैसे सफेद रंग, काले, भूरे, लाल अथवा सफेद केश, काली आँखें, भूरी आँखें, नीली आँखें, बिल्कुल हिंदुओं की तरह नाक, मुँह और आँखें तथा चपटे मुँहवाले चीनी लोग, इन सब आकृतियों से युक्त एक बर्बर, अतिबर्बर यूरोपीय जाति की सृष्टि हो गई। कुछ दिनों तक वे आपस में ही मार-काट करते रहे, उत्तर के निवासी जलदस्युओं

के रूप में मौका पाते ही अपेक्षाकृत सभ्य लोगों का उच्छेद करने लगे। बीच में से ईसाई धर्म के दो गुरु, इटली का पोप (फ्रांसीसी) तथा इतालवी भाषा में जिसे 'पाप' कहते हैं तथा पश्चिम कॉन्सटेण्टिनोपल के पेट्रीयार्क, ये दोनों पशुप्राय बर्बर सेनाओं पर, उनके राजा-रानी सभी पर प्रभुसत्ता चलाने लगे।

इस ओर अरब की मरुभूमि से मुसलमानी धर्म का उदय हुआ, जंगली पशु के तुल्य अरबों ने एक महापुरुष की प्रेरणा से अदम्य तेज और अनाहत बल से पृथ्वी के ऊपर आघात किया। पश्चिम-पूर्व के दो प्रांतों से उस तरंग ने यूरोप में प्रवेश किया, उस स्रोत-मुख द्वारा भारत और प्राचीन ग्रीक की विद्या-बुद्धि यूरोप में प्रवेश करने लगी।

**हमारी सभ्यता शांतिप्रिय है?**

हमारी कहानी क्या है? आर्य लोग शांतिप्रिय थे, शांति से खेतीबाड़ी करके अनाज पैदा करते। अपने परिवार का पालन-पोषण कर पाने में ही प्रसन्न थे। उसमें फुरसत काफी थी, इसीलिए चिंतनशील तथा सभ्य होने का अवकाश अधिक था। हमारे जनक राजा अपने हाथों से हल चलाते थे और उस समय के सर्वश्रेष्ठ आत्मविद् भी वही थे। यहाँ आदिकाल से ही ऋषि-मुनियों और योगियों आदि का अभ्युदय था। वे लोग आरंभ से ही जानते थे कि संसार मिथ्या है। लड़ाई करो या लूटपाट ही करो, भोग मानकर जो खोज रहे हो, वह तो शांति में है और शांति है शारीरिक भोग के विसर्जन में; हितकर भोग तो मननशीलता, बुद्धिचर्चा में है, शरीर के सुख-भोगों में नहीं। जंगलों को आबाद करना उनका काम था।

इसके बाद सर्वप्रथम उस परिष्कृत भूमि में निर्मित हुई यज्ञ की वेदी और उस निर्मल आकाश में उठने लगा यज्ञ का धुआँ। उस हवा में वेदमंत्र प्रतिध्वनित होने लगे और गाय, बैल आदि पशु निःशंक चरने लगे। तलवार विद्या और धर्म के पैरों के नीचे रही। उसका एकमात्र काम था—धर्मरक्षा करना, मनुष्य और गाय आदि पशुओं का परित्राण करना। वीरों का नाम पड़ा—आपद्-त्राता, क्षत्रिय।

हल, तलवार आदि सब का अधिपति रक्षक हुआ धर्म। वही राजाओं का राजा, जगत् के सो जाने पर भी वह सदा जागरूक रहता है। धर्म के आश्रय में सभी स्वाधीन रहे हैं।

पाश्चात्य देशों में इस समय एक साथ ही लक्ष्मी और सरस्वती, दोनों की कृपा है। केवल भोग की वस्तुएँ होने से ही वे शांत नहीं होते, वरन् सभी कामों में कुछ सुंदरता देखना चाहते हैं। खान-पान, घर-द्वार, सभी में थोड़ी सुंदरता देखना चाहते हैं।

जब धन था तो हमारे देश में भी एक दिन यही भाव था। इस समय एक तो दारिद्र्य है, तदोपरि हम लोग 'इतोनष्टस्ततोभ्रष्ट:' होते जा रहे हैं। जो राष्ट्रीय गुण थे, वे मिटते चले जा रहे हैं और पाश्चात्य देशों से भी कुछ नहीं पा रहे हैं। चलने-फिरने, उठने-बैठने एवं बातचीत में एक प्रकार की पारंपरिक विधि थी, वह तो मिट गई है, किंतु पाश्चात्य रंग-ढंग लेने का भी सामर्थ्य नहीं है। पूजा-पाठ आदि जो कुछ था, उसे तो हम लोग जल में प्रवाहित किए दे रहे हैं, पर समयोपयोगी एक नवीन प्रकार का कुछ अभी भी बन नहीं पा रहा है। हम इस समय मध्य रेखा की दुर्दशा में पड़े हैं, भविष्यत् बंगाल अभी भी अपने पैरों पर खड़ा नहीं हुआ है। यहा शिल्प की विशेष दुर्दशा हुई है। पहले वृद्धाएँ घर-द्वार में मांगलिक चित्रकारी किया करती थीं, दीवारों को रंग-बिरंगा रँगाती थीं, केले के पत्तों को मनोहारी शैली में काटती थीं, खाने-पीने की चीजों को भी नाना शिल्प चातुरी से सजाती थीं, वह सब या तो चूल्हे में चला गया है या शीघ्रातिशीघ्र ही जा रहा है। नई चीजें अवश्य सीखनी होंगी, करनी होंगी, पर क्या पुरानी चीजों को जल में डुबोकर? नई बातें तो तुमने खाक सीखी हैं, केवल बातें बनाना जानते हो! काम की विद्या तुमने कौन सी सीखी है? आज भी दूर-दराज के गाँवों में पुरानी लकड़ी का काम और ईंटों का काम देख आओ। कलकत्ता के बढ़ई एक जोड़ा दरवाजा तक नहीं तैयार कर सकते। दरवाजा है कि टट्टर, पता ही नहीं चलता! बढ़ईपना तो अब केवल अंग्रेजी औजारों को खरीदने में ही रह गया है! यही अवस्था सब विषयों में हो गई है। हमारा जो कुछ था, वह सब तो जा रहा है और विदेशों से भी सीखी है, केवल

बकवास! खाली किताबें और किताबें ही तो पढ़ रहे हो! हमारे देश में बंगाली और विलायत में आयरिश (आयरलैंडवाले) दोनों ही एक ही स्वभाववाली जातियाँ हैं। खाली बकबक कर रही हैं। वक्तृता झाड़ने में ये दोनों जातियाँ खूब निपुण हैं, किंतु काम करने में एक कौड़ी भी नहीं, उल्टे दिन-रात आपस में ही लड़ते-झगड़ते मरते-फिरते हैं!

साफ-सफाई, साज-सज्जा में इस देश (पाश्चात्य) का ऐसा अभ्यास है कि अति गरीब आदमी की भी इस ओर नजर रहती है। नजर तो रखनी ही पड़ती है। कारण, साफ-सुथरा कपड़ा-लत्ता न पहनने से कोई उन्हें काम-काज ही न देगा। नौकर, नौकरानी, रसोइन आदि सबका कपड़ा दिन-रात लकालक रहता है। घर-द्वार झाड़-बुहारकर, घिस-पोंछकर साफ-सुथरा किया रहता है। इन पर प्रधान अनुशासन यह है कि जहाँ-तहाँ कोई चीज कभी नहीं फेंकेंगे। रसोईघर झकाझक, कूड़ा-करकट जो कुछ फेंकना है तो उसे पात्र में फेंकते हैं, फिर उस स्थान से दूर ले जाकर फेंकेंगे। न आँगन में और न रास्ते में ही फेंकते हैं।

जिनके पास धन है, उनका घर तो देखने लायक होता है, रात-दिन सब झकाझक रहता है। तदोपरि, देश-विदेशों की नाना प्रकार की कारीगरी की चीजों को एकत्र करते हैं। इस समय हमें उनकी तरह कारीगरी की चीजें एकत्र करने की आवश्यकता नहीं है, किंतु जो चीजें नष्ट हो रही हैं, उनके लिए तो थोड़ा यत्न करना पड़ेगा। ठीक है न? उन जैसी चित्रकला अथवा मूर्तिशिल्प की विधाएँ अर्जित करने में हमें अभी भी देर है। इन दोनों कामों में हम चिरकाल से अनाड़ी हैं। हमारे ठाकुर, देवता सब कैसे हैं, देखो न! यह तो जगन्नाथजी को ही देखने से पता लग जाता है! बहुत प्रयत्न करने पर, उन (यूरोपियों) की नकल करने पर कहीं एकाध रवि वर्मा बन जाता है! ऐसे लोगों की अपेक्षा देशी चलचित्र बनानेवाले चित्रकार बेहतर हैं, उनके काम में झकाझक रंग तो है।

□

# स्वामी विवेकानंद : महत्त्वपूर्ण तिथियाँ

- 12 जनवरी, 1863 : कोलकाता में जन्म
- सन् 1879 : प्रेजीडेंसी कॉलेज में प्रवेश
- सन् 1880 : जनरल एसेंबली इंस्टीट्यूशन में प्रवेश
- नवंबर 1881 : श्रीरामकृष्ण परमहंस से प्रथम भेंट
- सन् 1882-1886 : श्रीरामकृष्ण परमहंस से संबद्ध
- सन् 1884 : स्नातक परीक्षा उत्तीर्ण; पिता का स्वर्गवास
- सन् 1885 : श्रीरामकृष्ण परमहंस की अंतिम बीमारी
- 16 अगस्त, 1886 : श्रीरामकृष्ण परमहंस का निधन
- सन् 1886 : वराह नगर मठ की स्थापना
- जनवरी 1887 : वराह नगर मठ में संन्यास की औपचारिक प्रतिज्ञा
- सन् 1890-1893 : परिव्राजक के रूप में भारत भ्रमण
- 24 दिसंबर, 1892 : कन्याकुमारी में
- 13 फरवरी, 1893 : प्रथम सार्वजनिक व्याख्यान, सिंकदराबाद में
- 31 मई, 1893 : मुंबई से अमेरिका रवाना
- 25 जुलाई, 1893 : वैंकूवर, कनाडा पहुँचे
- 30 जुलाई, 1893 : शिकागो आगमन
- अगस्त 1893 : हार्वर्ड विश्वविद्यालय के प्रो. जॉन राइट से भेंट

- 11 सितंबर, 1893 : धर्म महासभा, शिकागो में प्रथम व्याख्यान
- 27 सितंबर, 1893 : धर्म महासभा, शिकागो में अंतिम व्याख्यान
- 16 मई, 1894 : हार्वर्ड विश्वविद्यालय में संभाषण
- नवंबर 1894 : न्यूयॉर्क में वेदांत समिति की स्थापना
- जनवरी 1895 : न्यूयॉर्क में धर्म-कक्षाओं का संचालन आरंभ
- अगस्त 1895 : पेरिस में
- अक्टूब 1895 : लंदन में व्याख्यान
- 6 दिसंबर, 1895 : वापस न्यूयॉर्क
- 22-25 मार्च, 1896 : हार्वर्ड विश्वविद्यालय में व्याख्यान
- 15 अप्रैल, 1896 : वापस लंदन
- मई-जुलाई 1896 : लंदन में धार्मिक-कक्षाएँ
- 28 मई, 1896 : ऑक्सफोर्ड में मैक्समूलर से भेंट
- 30 दिसंबर, 1896 : नेपल्स से भारत की ओर रवाना
- 15 जनवरी, 1897 : कोलंबो, श्रीलंका आगमन
- 6-15 फरवरी, 1897 : मद्रास में
- 19 फरवरी, 1897 : कलकत्ता आगमन
- 1 मई, 1897 : रामकृष्ण मिशन की स्थापना
- मई-दिसंबर 1897 : उत्तर भारत की यात्रा
- जनवरी 1898 : कलकत्ता वापसी
- 19 मार्च, 1899 : मायावती में अद्वैत आश्रम की स्थापना
- 20 जून, 1899 : पश्चिमी देशों की दूसरी यात्रा
- 31 जुलाई, 1899 : लंदन आगमन
- 28 अगस्त, 1899 : न्यूयॉर्क आगमन
- 22 फरवरी, 1900 : सैन फ्रांसिसको में

- 14 अप्रैल, 1900 : सैन फ्रांसिसकों में वेदांत समिति की स्थापना
- जून 1900 : न्यूयॉर्क में अंतिम कक्षा
- 26 जुलाई, 1900 : यूरोप रवाना
- 24 अक्तूबर, 1900 : वियना, हंगरी, कुस्तुनतुनिया, ग्रीस, मिस्र आदि देशों की यात्रा
- 26 नवंबर, 1900 : भारत को रवाना
- 9 दिसंबर, 1900 : बेलूड़ मठ आगमन
- जनवरी 1901 : मायावती की यात्रा
- मार्च–मई 1901 : पूर्वी बंगाल और असम की तीर्थ यात्रा
- जनवरी–फरवरी 1902 : बोध गया और वाराणसी की यात्रा
- मार्च 1902 : बेलूड़ मठ में वापसी
- 4 जुलाई, 1902 : महासमाधि

□□□